# 이인세가 人世家

# 이인세가 7

김석진 新무협 판타지 소설

초판 1쇄 찍은 날 § 2008년 3월 13일
초판 1쇄 펴낸 날 § 2008년 3월 20일

지은이 § 김석진
펴낸이 § 서경석

편집장 § 문혜영
편집책임 § 이재권

펴낸곳 § 도서출판 청어람
등록번호 § 제1081-1-89호
등록일자 § 1999. 5. 31
어람번호 § 제2-1443호

주소 § 경기도 부천시 원미구 심곡1동 350-1 남성B/D 3F (우) 420-011
전화 § 032-656-4452  팩스 § 032-656-4453
http://www.chungeoram.com
E-mail § eoram99@chollian.net

ⓒ 김석진, 2007

ISBN 978-89-251-1232-9 04810
ISBN 978-89-251-0482-9 (세트)

※ 파본은 구입하신 서점에서 교환하여 드립니다.
※ 저자와 협의하여 인지를 붙이지 않습니다.
※ 이 책은 도서출판 청어람과 저작자의 계약에 의해 출판된 것이므로,
  무단 전재 및 유포 · 공유를 금합니다.

7
[완결]
이인쎄가
二人世家
김석진 新무협 판타지 소설  | 미래를 통제하려 했던 대가 |
Fantastic Oriental Heroes
도서출판 청어람

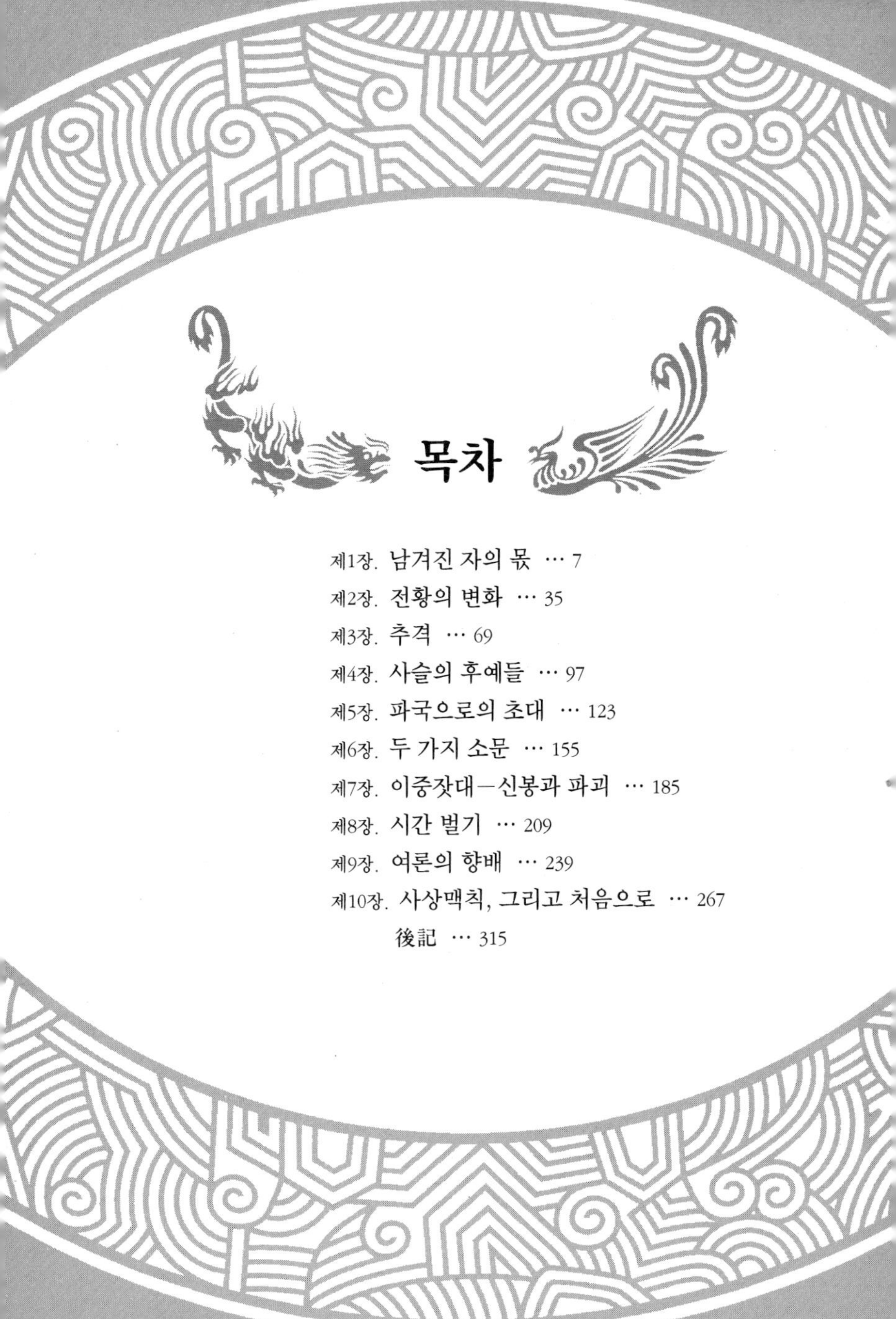

# 목차


제1장. 남겨진 자의 몫 … 7

제2장. 전황의 변화 … 35

제3장. 추격 … 69

제4장. 사슬의 후예들 … 97

제5장. 파국으로의 초대 … 123

제6장. 두 가지 소문 … 155

제7장. 이중잣대—신봉과 파괴 … 185

제8장. 시간 벌기 … 209

제9장. 여론의 향배 … 239

제10장. 사상맥칙, 그리고 처음으로 … 267

後記 … 315

第一章 남겨진 자의 몫

“추… 상……..”

상관추상의 이름을 되풀이하는 운예소의 뒤로 사도천악과 천강이십팔위가 병풍처럼 둘러막았다. 그렇지만 사도천악은 아무런 말도 하지 않았다.

무슨 말을 어떻게 할까. 어떤 위로가 그에게 도움이 될 수 있겠는가.

자리를 지켜주는 것만이 최선이다. 그것만이 자신의 몫이라는 걸 잘 알고 있기에 사도천악은 슬픈 송가를 이름으로 대신하는 운예소의 그늘이 되어주었다.

“추상……..”

목이 메어왔지만 운예소는 계속해서 그녀의 이름을 불렀다.

"으음……."

사도천악의 품에 안겨 있던 정명진이 굳게 닫혀 있던 눈꺼풀을 밀어 올리며 정신을 차렸다. 기산자의 장력은 쇠라도 부술 위력이 담겨 있었으나 힘의 대부분을 상관추상이 몸으로 흡수했기 때문에 충격의 작은 여파만을 전달받았던 터였다.

잠시 주위를 둘러보던 정명진이 상관추상을 안고 흐느끼는 운예소를 바라보고 발버둥 치기 시작했다.

"무상 형님? 무상 형님?!!!"

그러나 사도천악은 정명진을 안은 팔에 더욱 힘을 실었다.

"두 사람의 마지막 작별이니 잠시 모른 체하세나."

"마지막 작별? 그게 무슨 말이에요!!"

필사적으로 버둥거리는 정명진의 수혈을 짚으려 사도천악이 손을 들었다. 이런 광경을 어린아이에게 보여봐야 좋을 것이 없을 터였고 운예소와 상관추상의 못다 이룬 사랑의 마지막을 흐트러뜨리기 싫었다.

"사도 형, 잠깐만."

"음?"

손을 멈춘 사도천악이 운예소의 부름에 고개를 돌렸다.

"가주를 이리로……."

잠시 머뭇거리던 사도천악이 정명진을 데리고 운예소에게

다가왔다. 그들에게 가까워질수록 정명진의 발버둥은 심해졌지만 정작 운예소의 앞에 이르자 움직임이 잦아들었다.

겉옷을 벗어 자리를 마련한 운예소가 상관추상을 곱게 눕히고 천천히 일어서자 사도천악은 정명진을 놓아주었다.

"무상… 형님……."

눈치 빠른 아이다. 무슨 일이 벌어졌는지는 몰라도 어떤 일이 벌어졌는지 미루어 짐작한 정명진이었기에 격한 몸짓 대신 떨리는 목소리로 마음을 대신했다.

"무상… 형님… 어쩌다 이런 일이……."

고개를 숙여 상관추상의 자애로운 얼굴을 굽어보던 정명진이 곧 혼절할 때의 상황을 기억해 내고 새하얗게 얼굴이 굳었다.

"서, 설마……?"

천강이십팔위의 호위 속에서 대전 상황을 지켜보다 기산자의 부름에 상관추상의 중독을 알게 되고 급히 달려와 해독제 한 알을 건네주었다.

그리고, 그리고…….

알 수 없는 열기가 다가오고 '안 돼'라는 운예소의 비명과도 같은 외침과 함께 익숙한 방향(芳香)이 자신을 막아서며 가죽을 두드리는 소음이 들렸다.

누님의 냄새와도 같은 향기와 함께.

"서, 설마……?"

부들부들 몸을 떨던 정명진이 운예소의 바짓가랑이를 붙들며 울먹였다.

"설마, 설마 상관 여협께서 저 때문에 화를 입으신 건가요?! 정말 그런가요?!"

고개를 푹 숙이고 있던 운예소가 마구 떨리는 정명진의 눈망울을 바라보고는 곧 자애롭디자애로운 미소를 한 움큼 베어 물었다, 마치 정인의 그것처럼.

"그렇게……."

하지만 마음까지 평정을 되찾지는 못했기에 목소리는 여전히 떨렸다. 정명진의 머리를 쓰다듬던 그가 격한 감정의 와류를 이기지 못하고 숨을 크게 내쉬었다.

"하아… 그렇게 울면 곤란해. 멀리서나마 추상은 가주의 눈물을 보고 싶지 않을 테니까……."

"우와아아앙~ 상관 여협!"

끝내 울음을 터뜨리며 상관추상의 어깨에 몸을 묻은 정명진이 흐느끼자 무릎을 펴고 일어선 운예소가 춤에서 작은 주머니를 만지작거렸다.

이제 이야기를 해줄 때다. 그녀가 누구였는지, 어떤 이유로 동행을 하게 되었는지, 목숨을 걸면서까지 정명진을 지켜주었던 까닭이 무엇인지.

이제 말해야만 할 때다!

"이보게, 가주……."

"엉엉엉~ 상관 여협, 이렇게 가시면 저는 어쩌라고요~"

"이보게……."

"이토록 깊은 은혜를 베풀고 가시면 어떻게 해요, 엉엉~"

숨을 깊이 들이켠 운예소가 정명진의 어깨를 짚었다. 슬픔은 슬픔대로 놔두어야 할 때, 만약 더 큰 슬픔이 도래한다고 해도 진실은 묻힐 수 없는 법.

"이보게, 가주. 지금부터 내 말을……."

그러나 정명진은 운예소의 손에서 몸을 뺐다.

"놔요, 놔! 무슨 말을 해도 소용없다고요!"

"허어~ 잠시만 진정하라니까."

다시 손을 뻗으려 운예소가 움직였다.

그 순간,

"잉잉잉~ 꼭 한번 불러보고 싶었는데……."

무슨 말일까?

흠칫 몸을 굳힌 운예소가 망연하게 정명진을 바라보는데 꼬마 가주는 상관추상의 손을 들어 자신의 볼에 가져갔다.

"상관… 누님……."

그랬던가? 그랬던 것이었나?

정명진에게 상관추상이 식객 이상의 의미로 자리했단 사실은 알았지만 이토록 깊은 정을 마음속에 아로새기고 있었다는 사실은 미처 몰랐었다.

와락!

주머니를 움켜쥔 운예소가 텅 빈 동공으로 누워 있는 정인
에게 물었다.

'뭐라고 얘기를 해야 할까, 추상?'

만약 상관추상이 정씨세가의 무상이었다고 말한다면 그녀
의 죽음은 당연한 선택으로 규정지어질 것이다. 꽃잎처럼 스
러진 상관추상의 목숨 값은 선대의 유지 속에 파묻힐 거란 말
이다.

'내가 어떻게 하면 좋겠어?'

또한 무상이라는 신분이 밝혀진다면 정명진의 마음에 자
리하고 있는 그녀와의 아름다운 추억들 또한 현실이라는 이
름하에 모조리 퇴색되어 버릴 터였다.

그래서 그녀는 그렇게 말했었나 보다.


진실은 이름답지만은 않다고…….


"하아~"

고개를 쳐들고 쏟아질 듯 몸부림치는 별을 바라보던 운예
소가 어금니를 꾹 깨물고 왼손에 또 다른 주머니를 쥐었다.

한때는 그의 전부였고, 그의 아버지, 아버지의 아버지, 그
아버지의 아버지의 아버지에게도 족쇄가 되었던 영패. 이제
는 출신조차 불분명한 족쇄.

오른손에 정인의 올가미, 그리고 왼손에 자신의 올가미를

쥔 운예소가 조용히 눈을 감고 지금까지 이어져 온 굴레의 희
생자들을 하나하나 반추했다.

척박하디척박한 안휘성의 시골 마을에서 자신을 그리며
오늘도 뜬눈으로 밤을 지새우실 분.

'할아버지……'

선대의 유지와 가문의 현실에서 몸부림치다 단호한 결단
으로 이상을 청춘과 맞바꾸려 했던 분.

'아버지……'

또한 그가 모를 수밖에 없는 선조들, 그리고 상관이라는 성
으로 사백 년이라는 세월 동안 정씨세가의 유지를 받들어야
만 했었던 수많은 사람들.

마지막으로… 상관추상과 자신.

이 모두가 희생자들이다. 신념이라는 그럴듯한 이름 아래
서 삶을 저당 잡혔지만 그것을 영광으로 돌리면서 참고 또 참
아왔던 사람들이다.

가문의 부활. 연이 날면 모든 것이 바뀔 거라는, 어찌 보면
황당하기까지만 한 기다림이었거늘 어째서 단 한 명의 이탈
자들도 없었을까.

아마도 언젠가부터 선대의 유지는 효(孝)의 또 다른 이름으
로 둔갑했었을 것이다.

아버지의, 할아버지의 전부였던 신념을 자식 된 도리로서,
손자 된 입장에서 차마 부정하지 못했다. 순종이 미덕이었고,

자신의 희생이야말로 웃어른들을 기쁘게 해드리는 원동력이
라 생각했던 거다.
　그렇게 유지는 효가 되어 사백 년이라는 세월 동안 끈끈하
게 이어져 왔단 말이다.
　사백 년이란 시간을.
　이제…….
　모두가 자유롭기를!
　빠각.
　양손에 힘을 주어 두 개의 영패를 산산이 부숴 버린 운예소
가 손바닥을 활짝 펴 쇳가루를 날리며 상관추상을 바라보며
힘없이 웃었다.


　추상, 멋대로 결정해서 미안해. 하지만 이것이야말로 최선
이라 생각했어.


　이제 선대의 유지라는 이름 때문에 태어나면서부터 삶이
결정지어지는 사람들은 없을 것이다. 이제 자그마한 영패 때
문에 날갯짓 한번 해보지도 못하고 세월을 낭비하는 이들은
없을 것이다.
　이제… 인생이 자신에게 줄 수 있는 최선의 선물이라는 걸
모두가 알게 될 것이다.
　착각일까? 흙먼지를 일으키며 운예소의 곁을 스쳐 가던 바

람이 그의 귓전에 수줍은 한마디를 던져 놓았던 것은.

꼭 한번 해보고 싶었어요!

그래, 그랬구나!
진정 당신도 나와 같았단 말인가!
우습지 않은가. 현재를 살아가는 그들이 선대라는, 과거라
는 굴레에서 벗어나지 못하고, 아니, 완전히 저당을 잡힌 채
로 평생을 끌려 다녔다는 사실이.
죽어서야 자유로울 수 있다는 현실이.
"후후후……."
어깨를 떨며 작게 미소 짓던 운예소가 양팔을 벌리며 앙천
광소를 터뜨렸다. 볼을 타고 흐르는 눈물과는 상관없이 그의
웃음은 높고도 우렁찼기에 흐느끼던 정명진이 돌아볼 지경이
었다.
"우하하하하!!"

*　　　　*　　　　*

전세는 팽팽했다. 비록 상관추상의 사망이 있었지만 새로
가세한 보타용봉 때문에 그 간극은 훌륭하게 메워졌고 생각
보다 사도세가의 수비는 견고한 편이라 단심맹, 아니, 천추산

맥은 쉽사리 우위를 점하지 못하는 상태였다.

"운 형……."
사도천악이 운예소의 등 뒤에서 가만히 그를 불렀다.
"상관 소저는 천강이십팔위가 돌보겠소."
빙글 돌아선 운예소가 슬픔을 두 눈 가득 담은 사도천악을 바라보다 고개를 숙여 버렸다.
'사도 형…….'

알고 있소? 우리 두 사람 사이에 걸쳐져 있던 운명의 다리를?
짐작할 수 있겠소? 동질감 속에 하루하루 깊어만 갔던 사랑의 심연을?
상상이나 해보았소? 일방적인 희생으로 자신의 모든 것을 바치고 떠난 이의 슬픈 진실을?

"운 형……."
사도천악이 다시 운예소를 불렀다.
"그녀는 우리의 마음속에 언제까지나 살아……."
"사도 형."
고개를 천천히 들면서 사도천악의 말을 잘라 버린 운예소가 탄식처럼 웃었다.

"죽음이란… 지는 것이오. 어떤 식으로든 패배란 말이오."

무슨 말일까. 상관추상의 죽음을 이렇게 매도해 버리려는 것일까?

"그래서 그녀는 죽음을 택한 거요. 이 못난 내가 굴복하는 것을 지켜보기 싫어서."

숨을 크게 들이켠 운예소가 입술을 잘끈 물었다.

"내 마음속의 그녀는 여전히 웃고 있기에……."

상관추상을 바라보던 그가 선언하듯 잘라 말했다.

"앞으로 절대 질 수 없소."

쿵―

무게도, 기개도 실리지 않은 한마디였건만 묘한 감흥이 전달되어 사도천악이 운예소의 말을 되풀이했다.

"죽음은 패배라… 그렇군."

사도천악의 눈짓이 있자 천강이십팔위가 상관추상을 소중하게 보듬어 안아 사라졌다. 아마도 이 싸움의 결과와 상관없이 쉴 수 있는 곳으로 그녀를 인도하기 위함이리라.

"이제……."

서릿발을 한 겹 덧씌운 얼굴로 사도천악이 칼을 뽑아 들며 차갑게 뇌까리자 활화산의 기세로 운예소도 철척을 꺼내 들고는 조용히 중얼거렸다.

"그녀를 추모할 시간이지."

                    *          *          *

"아, 진짜 질기네!"

날렵하게 몸을 틀던 이청청이 짜증스러운 한마디를 던지자 가쁜 숨을 몰아쉬며 뒤로 물러섰던 이성룡이 투덜거렸다.

"헥헥, 그러게 말이야. 이 노인네들은 지친다는 말과는 담을 쌓고 지내는 것 같아."

스윽―

서늘한 무엇이 날아들자 놀란 비둘기처럼 몸을 피한 둘이 다시금 전의를 불태웠지만 유령처럼 다가선 노인들은 비릿한 조소를 머금을 뿐이었다.

"허허… 검을 제법 묘하게 놀릴 줄 아는구나. 하지만 기교만으로는 우리에게 위협을 주지 못한다."

노인의 웃음은 태산과도 같았다. 장중한 덩치처럼 그의 일권, 일보는 무겁기 그지없었기에 이성룡의 재기 넘치는 검법은 본래의 위력을 채 발휘하지 못하는 상태였다.

콰르릉―

주먹을 말아 쥔 노인이 양손을 마구 내지르자 주위의 공기가 요동을 치며 무시무시한 권력이 이성룡을 둘러쌌다.

"타아아!"

제비처럼 낮게 몸을 웅크린 이성룡이 주먹의 파고 속으로 쾌속하게 검을 찔렀지만 권력은 너무도 두터웠기에 검세는 두 번째의 변화도 피우지 못하고 스러졌다.

사정은 이청청도 마찬가지. 앙증맞은 교갈과 함께 연신 검을 내치는 그녀였지만 지옥에서 온 마녀처럼 음산한 노파의 장력은 이청청의 검세를 번번이 차단했다.

"몇 년 열심히 수련한다면 천하를 울릴 검이겠으나 아직은 설익은 풋사과에 불과하구나. 이 할머니를 위협할 수준은 아니야."

"흥!"

하지만 자존심 하면 이청청, 이청청 하면 자존심. 노파의 한마디에 기가 꺾일 거라면 애초부터 칼을 뽑지 않았을 것이다.

"좋아, 노괴물. 이제 연화삼검의 진정한 무서움을 보여주도록 하겠어."

입술을 잘근 깨문 이청청이 독기 어린 눈으로 노파를 보다 검을 수직으로 세웠다.

"누, 누나! 그건 아직 완전한 게 아니잖아!"

"시끄러! 저 늙은 괴물에게 본때를 보여주고 말 테야!"

"하지만……."

뭔가 말하려던 이성룡의 앞으로 또다시 묵직한 일권이 날아들었다.

'이크!'

한가롭게 누이를 신경 쓰고 말고 할 계제가 아니었다. 이성룡 역시 노인의 두터운 권력을 뚫지 못하는 형편이었으니까.

"호오~ 뭔가 묵직한 기세로구나?"

카랑카랑하게 웃던 노파가 손을 내리고 이청청의 기수식을 응시했다.

"잘 봤구나, 노괴물. 이것은 연화삼검의 절초인 불심개화(佛心開花)니라!"

불심개화라면 보타검가에서 전해지는 초식 가운데 강력하기 그지없는 검초였다. 부처의 마음을 품은 이가 가슴속의 번뇌를 한 송이 연꽃으로 승화시킨다는 전설처럼 단 일검, 일초에 모든 것을 실어 승부를 결정짓는 수법이 바로 불심개화다.

보타검가의 유일한 공격 초식인 연화삼검의 두 번째 초식이기에, 높은 이해도와 깊은 내공을 요구하기에 유구한 역사를 자랑하는 보타검가에서도 이 초식을 완벽하게 소화한 이는 몇 되지 않는 형편이었다.

일 년 남짓 수련한 이청청에게 당연히 무리인 초식. 그러나 뽀드득 이를 가는 그녀의 표정은 그야말로 불가능을 모르는 소녀의 그것이었다.

"간… 다!"

뾰족하게 소리를 지르며 그녀가 뛰쳐나가자 노파도 방심하지 않고 양 손바닥을 교차시키며 방비에 임했다.

“타아아아!”

나름 힘있는 교갈과 함께 수직으로 들렸던 이청청의 검이 벼락처럼 떨어져 내렸다.

“홉!”

생각보다 무거운 기세. 예상치 못한 강함에 노파도 깜짝 놀랐지만 곧 그녀는 유연하게 손바닥을 뒤집으며 이청청의 검세를 맞서 나갔다.

‘중검식(重劍式)의 최고라는 불심개화를 마주 상대한다고?!’

속으로 코웃음을 친 이청청의 입꼬리가 살짝 올라갔다.

그리고…….

사악—

충돌할 기세로 달려들던 노파의 장력은 불심개화의 검세와 뒤엉키더니 꼬리를 끌며 아래로 떨어져 내렸다.

“어, 뭐야!”

힘주어 검세를 올려보려 했지만 노파의 장력은 아교처럼 이청청의 기운을 끌어안고 놓아주지 않았다. 아직 임기응변에 서툰 그녀였기에 노파의 이화접목 수법은 예상조차 하지 못했었고 그저 힘으로 내지른 검세는 되돌릴 방법을 몰랐다.

“자, 아이야. 이제 천외천이 무엇인지 알겠느냐?”

“뭐라고!”

여전히 기세는 천고의 고수였으나 크게 힘을 응축한 검세였기에 그녀의 진기는 바닥을 보이는 상태. 천천히 다가서는 노파를 향해 눈빛만은 살아서 기를 뿜었지만 그건 어디까지나 허장성세였다.

"이제… 처음으로 돌아가거라."

노파의 손이 쳐들리자 이청청이 질끈 눈을 감았다.

그리고 둘 사이를 가로막는 묵직한 음성.

"나이로 보나 주름으로 보나 처음으로 돌아갈 사람은 노파 쪽인 것 같은데?"

검을 비껴들고 나타난 사도천악이 금방이라도 손을 쓸 자세로 노파에게 저벅저벅 다가섰다.

'어머?'

어떻게든 버티고 서 있던 이청청이 반짝 눈을 빛냈다.

"흐음~ 네가 운남의 푸른 하늘이라는 아이더냐?"

노파가 이청청에게서 손을 거두자 사도천악이 담담하게 고개를 끄덕였다.

"잘 알고 있구려. 그런 노파는 뭐라고 불러 드리리까?"

"듣던 대로 잘빠진 녀석이로구나. 하지만 그 정도의 이름으로는 이 흑암천녀(黑暗天女)를 어찌할 수 없다."

아마도 노파는 초강대왕을 보필한다는 두 노신 가운데 흑암천녀의 화신을 자처하는 모양이다. 그렇다면 태산 같은 노인은 생김새 그대로 대산부군(大山府君)일 테고.

흑암천녀의 단정에 사도천악이 검을 곧추세우며 잘라 말

했다.

"과연 그럴까?"

단호함 속에 깃든 서릿발. 그야말로 운남의 푸른 하늘다운 사도천악의 기세에 흑암천녀도 고개를 끄덕이지 않을 수 없었다.

"오냐, 사도가의 애송이야. 그 기개 하나는 높이 사주마."

그렇지만 사도천악은 인사를 받지 않았다. 그의 마음은 심연의 깊은 곳에서 절대로 떠오르고 싶지 않았으니까. 단지 검한 자루만이 사도천악을 대변해 줄 것이다.

이렇게…….

쿠르르르—

사도천악의 장포가 미친 듯이 펄럭이며 그의 전신에 희뿌연 빛이 일렁였다.

'으음?

저 사이한 기세의 정체는 뭐란 말인가? 사도가의 검법은 웅혼하면서 패도적인 힘으로 상대방을 제압하는 것을 기본으로 한다고 알았는데.


놀라기는 사도고엽도 마찬가지였다. 사도가의 제반 무학에 통달한 그로서 손자가 흘리는 기운의 정체를 알 수 없었기에 심유하게 눈을 빛내며 사도천악의 다음 동작을 주시했다.

"모를 일이로고… 저 녀석, 대체 뭘 하려는 건지……."

　사도천악이 흘리는 음울한 기세에 잠시 움츠러들었던 흑암천녀가 곧 입술을 꼬며 비릿하게 웃음 지었다.

　'건방진 애송이. 어디서 기이한 검식 하나를 얻어 배운 모양인데 이 할머니에게 그런 잡술은 통하지 않는다.'

　우웅―

　그녀가 손바닥을 활짝 펴자 장심 가운데에서 하얀 구체가 솟아올랐다. 이것은 그녀의 독문무공인 한음탄류(寒陰彈流)의 절초 혈한낙루(血恨落淚)의 기수식이었다.

　혈한낙루라고 한다면 낯선 이름이겠지만 이 무학이 강호에서 가장 무섭다는 십대강기공(十代罡氣功) 가운데 하나라는 걸 사람들이 안다면 어떤 표정을 지을까.

　양손에 모인 기운을 일시에 방출하여 상대방을 격상시키는 수법이라는 점은 일반 강기공과 차이가 없으나 혈한낙루의 무서움은 강기의 사이함에 있다.

　특수한 고련으로 생성된 내력이기에 공 모양의 기운은 절대로 파괴되지 않는다. 또한 시전자의 인도에 따라 강기의 움직임이 결정되기에 단편적인 움직임만 보이는 일반 강기공과는 차원이 다른 궤적을 그리게 된다.

　이렇듯 무서운 혈한낙루지만 치명적인 단점도 있었으니 그것은 바로 기운을 모으는 시간이 오래 걸린다는 점이다. 큰 힘을 응축시키는 작업이 선행되어야 하기에 시전을 막아버리면 피맺힌 눈물은 흐르기도 전에 말라 버린다.

하나 흑암천녀는 이미 구체를 활성화시킨 상태. 사도천악은 그녀의 묘한 움직임을 그저 망연히 지켜보고만 있었다.

'쯧쯧… 불쌍한 녀석. 이것이 너의 마지막 기회였거늘.'

완전한 구체를 바라보며 만족스러운 미소를 지은 흑암천녀가 양팔을 기묘하게 저으며 앞으로 나섰지만 사도천악은 뿌리라도 박힌 것처럼 그 자리에서 꿈쩍도 하지 않았다.

"캬캬, 애송아! 네 명줄이 짧은 것을 한으로 여겨라!"

흑암천녀가 손바닥을 가볍게 뒤집자 두 개의 구체가 부드럽게 밀려 나왔다. 시리도록 하얀색의 기운들은 빙글빙글 회전을 하며 사도천악에게로 날아들었는데 마치 가을바람에 떨어지는 낙엽처럼 가벼워 보였다.


"피해야 한다! 저것은 강환(罡丸)이다!"

구체의 정체를 대번에 알아차린 사도고엽이 버럭 소리를 질렀다. 강기공, 강기공, 말들은 쉽게 하지만 몸 안의 내공을 실체화하여 공격수단으로 삼는다는 건 정말 무서운 일이기 때문이다.

"소악아, 절대로 피해라!"


두 개의 구체가 접근하는 것을 뻔히 바라보던 사도천악이 빙글 몸을 틀었다.

푹—

화약으로 발사되는 철환이라도 이보다 위력적일까. 사도천악이 자리를 피하자 직선으로 날아들던 구체들은 아름드리나무를 뚫고 지나갔는데 미세한 파열음 하나 남기지 않고 관통을 했으니 그 단단함은 형용하기 어려울 터였다.

"피해봐야 소용없다!"

케케, 웃으며 노파가 손바닥을 휘젓자 구체는 방향을 바꾸어 다시 사도천악을 노렸고 이번에도 강기는 허탕을 쳤지만 여전한 움직임으로 그를 위협했다.

"후후……."

누가 봐도 열세인 상황. 그렇지만 사도천악의 입가를 비집고 나온 건 싸늘하기만 한 조소였기에 흑암천녀의 눈썹이 비죽 곤두섰다.

왠지 모르지만 기분이 나쁘다. 강환의 위력을 본 사람들의 반응은 한결같이 겁에 움츠러들어야 하거늘 저 젊은이는 오히려 비웃고 있지 않은가.

"여유를 부리는 게냐? 좋다, 그렇다면 이것도 받아보아라!"

양손을 열십자로 교차시킨 흑암천녀가 이를 갈아붙이며 공력을 모으자 그녀의 얼굴이 새빨개지며 공 모양이었던 강기가 길쭉하게 늘어났다.

'강인(罡刃)?'

서늘할 정도로 무심하던 사도천악의 표정에 이채가 떠올랐다.

"이럴 수가, 강인이라니! 저 노파는 대체 누군데 강인을 펼친단 말인가!"

사도고엽이 당장이라도 뛰쳐나갈 기세로 발을 구르자 그를 호위하던 사도율한이 고개를 갸웃거렸다.

"강인? 그건 또 뭡니까?"

태연하기까지 한 그의 물음에 사도고엽이 혀를 찼다.

"칼밥 먹고산다는 사람이 어찌 강인을 모르는가!"

모를 수도 있지요!

라고 대거리를 했다간 반쯤 죽을 기세라 사도율한이 입을 툭 내미는 것으로 불만을 대신했다. 그렇지만 사도고엽의 신경은 손자의 싸움판에 집중되어 있는 상태라 이를 보지 못하고 무거운 음성으로 강인에 대해 설명했다.

"강인은 강기공의 대명사 격인 강환과는 차원이 다른 무공을 일컫는다. 내공을 응축시켜 발출하는 강환도 적수를 찾기 힘든 무학일진대 그것을 길게 뽑아내어 칼날처럼 사용하는 강인의 무서움을 말로 설명할 필요가 있겠냔 말이야!"

"강기를 칼날처럼 사용한다고요?!"

사도율한이 깜짝 놀랐지만 사도고엽은 그저 주먹을 지그시 움켜쥘 뿐이었다.

"강인의 무서움은 비단 칼날 같은 예리함만이 아니라는 거
다."

위잉—
희뿌연 빛을 발하며 흑암천녀의 주위를 빙글빙글 맴도는
두 개의 빛으로 이뤄진 칼날. 보기에도 섬뜩했지만 흑의로 온
몸을 휘감은 그녀와 조화를 이루자 묘한 아름다움마저 풍겼
다.
흑과 백의 완벽한 조화가 이런 것일까.
그렇지만 사도천악에게 강인 따위는 안중에도 없는 눈치
였다. 삶을 포기한 사람처럼 그의 시선은 허무의 마지막에 다
다라 있었기에 현실적인 관점과는 거리가 멀어 보였다.
"뭐야, 벌써 포기한 것이냐? 하긴, 그 잘났다는 네 조부도
강인의 무서움을 안다면 줄행랑을 놓을 판이니."
방임적인 태도의 사도천악을 바라보며 조소를 흘리던 흑
암천녀가 실소를 머금었다.
이런 애송이에게 강인은 너무 잔인한 수법인지도. 강호를
떨쳐 울린다는 우내사존이라도 강환조차 받아낼 수 있을지
의문인데 그와는 차원부터 다른 무학이 눈앞에서 펼쳐졌으니
얼마나 당혹스럽겠는가?
조개처럼 닫혀 있던 사도천악의 입이 벌어진 건 이때였
다.

"소싯적부터 내가 노래라고 하면 또 소질이 있었소."

"뭐?"

삶과 죽음의 문턱에서 이 무슨 헛소리인가.

기를 돌리던 흑암천녀가 멍청하게 입을 벌리는데 사도천악의 얘기는 계속해서 이어졌다.

"하지만 그녀의 노래를 듣고는 없는 쥐구멍이라도 만들어서 뛰어들고 싶었지."

강인의 위력에 정신을 놓아버린 걸까. 하지만 그의 목소리는 잔잔한 애조를 담고 있었기에 듣는 이로 하여금 뭔가 뭉클한 감정을 불러일으켰다.

"이제… 더 이상 그녀의 노래를 들을 수 없으매 거친 목청이라도 돋우어 추모의 한 곡을 부를까 하오."

회상 어린 그의 눈이 현실세계로 옮겨지며 뚜렷한 빛을 띠었다.

"죽음의 초혼가를."

순간적으로 발산되는 살기에 흑암천녀가 부르르 몸을 떨다 표독스레 외쳤다.

"가소로운!"

매섭게 소리 지르며 흑암천녀의 양손이 움직이자 그녀의 주위를 맴돌던 빛의 칼날들이 사도천악에게 쏘아졌다.

스르릉—

빛살 그 자체인 강인. 스치는 그 무엇이라도 잘라 버릴 예리함이었는데 강인의 소용돌이 가운데에 놓여 금방이라도 갈가리 찢겨 나갈 것만 같이 위태롭기만 하던 사도천악이 두 눈을 내리감고 검을 천천히 움직여 중극으로 세웠다.

"대항해 보겠다는 거냐!"

열십자로 교차시켰던 양손을 강하게 밑으로 훑어 내리며 흑암천녀가 앞으로 나섰다. 이미 강인은 최고조로 활성화되어 있는 상태, 칼 한 자루로 어찌할 상황이 아니었다.


"무, 무모한, 어서 피해라!"

사도고엽이 손자에게 다급히 외쳤지만 안타깝게도 사도천악은 사이한 기운을 일렁이며 강인의 파고 속으로 한 걸음, 한 걸음, 몸을 밀어 넣고 있었다.

"피해야 한다!!"

하나 사도천악의 지척으로 두 개의 강인이 쇄도한 상태, 뒤이어 벌어질 참극을 예견하고 사도고엽이 질끈 눈을 감았다.


스스스—

강기로 이루어진 칼날에 금방이라도 목을 내줄 듯 방임적이던 사도천악이 내리감았던 눈꺼풀을 천천히 들어 올렸다.

'흐윽—'

자신만만하게 손을 움직이던 흑암천녀가 사도천악의 눈동자에 담긴 어떤 기운을 엿보고 흠칫 몸을 굳혀야만 했다.

저건 사기(邪氣)다! 완벽한 죽음의 기운이란 말이다! 인간의 몸을 빌은 사람으로 어찌 사신의 눈동자를 지닐 수 있단 말인가!

그리고 중극으로 세워졌던 사도천악의 검이 움직이기 시작했다.

츠츠츠―

직선일까? 정면으로 움직이는 사도천악의 검로는 한없이 정직하면서도 거침이 없었기에 가로막는 그 무엇이라도 꿰뚫어 버릴 기세였다.

'마, 말도 안 돼…….'

곡선일까? 분명 똑바로 움직이던 검로였는데 좌우에서 쇄도하던 강인들을 부드럽게 옥죄어 흘려보내고 꿈틀꿈틀 전진하는 사도천악의 검로는 독사의 이빨, 그 자체였다.

"이, 이익!"

스륵―

필사적으로 몸을 빼보려던 흑암천녀의 몸을 사도천악의 검이 살짝 스치고 지나갔다.

"이 검식은… 그저 피와… 죽음……."

입을 벌리고 헐떡거리는 그녀를 바라보던 사도천악이 씹어뱉듯 말했다.

"그리고 절망이지."
몇 마디 채 뱉지도 못하고 숨을 거두는 그녀의 눈동자에 깃
든 감정은 사도천악이 말한 그것으로 가득 채워져 있었다.

第二章
전황의 변화

“흑암! 흑암이 당하다니!”

순식간에 당해 버린 동료를 보며 노인이 분노의 괴성을 질렀지만 어디선가 들려온 조소에 고개를 돌려야만 했다.

“그렇게도 분한가?”

침묵의 주단을 밟고 나타나듯 소리없이 모습을 보인 운예소가 노인을 뚫어지게 바라보았다.

“네놈은!”

“은인!”

두 사람이 동시에 소리 지르자 팔짱을 낀 운예소가 오른손 검지를 들어 이성룡에게 손짓을 보냈다.

"소공자의 몫은 거기까지일세."

"예? 그게 무슨……."

되물으려던 이성룡이 운예소의 눈에 깃든 의지를 읽고서 한발 물러섰다. 어떤 이유인지 몰라도 지금의 은인은 더없이 견고했기에 그가 끼어들 여지는 없었다.

그것이 싸움이라도 말이다.

이성룡이 물러선 자리를 채우며 운예소가 다소 나른하게 물었다.

"대답하지 않겠지만 형식적으로 질문 하나 하지."

"허허… 가소로운 놈."

"기산자, 아니, 아까 우리에게 독수를 쓴 놈도 십왕 가운데 하나인가?"

운예소를 잠시 바라보던 노인이 껄껄 웃었다.

"대답 못할 질문도 아니로구나! 그렇다, 그분은 십왕 가운데 초강대왕이시다!"

"초강이라……."

턱을 쓰다듬던 운예소가 번개처럼 다음 질문을 던졌다.

"아직 이 전장에 있겠지?"

"그건 당연……."

생각없이 대답하던 노인이 곧 인상을 썼다. 별로 중요한 건 아니었지만 어린놈의 세 치 혀에 이리저리 휘둘리는 느낌이라 기분이 상한 것이다.

“괘씸한 놈, 그 대답은 명부에 가서 듣도록 해라.”

순간 운예소의 얼굴이 차갑게 굳었다.

“이승에 있다는 명부를 두고 저승까지 가서 들을 필요가 있을까?”

“건방진!”

노인이 주먹을 말아 쥐며 앞으로 나섰다.

쿠르르—

그가 손을 떨치자 바위와도 같은 권력이 운예소를 압박해 들어왔다. 하나 운예소는 여유롭게 몸을 움직이며 계속해서 질문을 던졌다.

“아니면 이승의 명부라는 것 자체가 허상이라 대답하지 못하는 건가?”

“죽일 놈!”

쾅! 쿠룽—

노인의 주먹질이 빨라지자 폭음이 더해지며 사방은 마치 폭약이라도 터진 것처럼 움푹움푹 패었다. 그렇지만 운예소는 여전히 나른한 눈빛으로 질문을 던졌다.

“아니면 사람을 심판한다는 것 자체가 허상이라는 걸 알기에 이리 화를 내는 건가?”

입은 입, 발은 발.

비록 권태로운 분위기를 풍기고 있지만 운예소의 눈은 노인과 자신의 거리, 그리고 권력이 미치는 범위와 미칠 수 없는 지점을 정확히 짚고 있었다.

애꿎은 공간에 권력을 흘리던 노인이 자신의 실태를 깨닫기까지는 그리 긴 시간을 필요로 하지 않았다.

"후우~"

갑자기 모든 움직임을 멈춘 노인이 숨을 몰아쉬고 주먹을 펴며 침중하게 중얼거렸다.

"입만 산 놈은 아니로구나. 하긴, 초강께서 신경을 곤두세우는 이유가 있을 거라고는 생각했지만."

우두둑—

다시금 쥔 주먹.

"이 늙은이는 대산부군이라 한다."

패도적인 기운을 두 주먹 가득 담은 그가 운예소에게 다가서며 으르렁거렸다.

"또한 천추산맥이 허상이나 쫓는 몽상가들의 모임 따위가 아니라는 걸 네게 알려줄 몸이기도 하지."

말과 함께 대산부군의 주먹이 날았다.

콰콰콰—

폭포수가 떨어져 내리는 기음이 장내를 메우며 대산부군의 권력이 사방에서 짓쳐들자 운예소도 방심하지 않고 철척을 꺼내며 살짝 물러섰다.

쿠릉!

파괴적이라는 말은 이럴 때 쓰라고 존재하는가?

피와 살로 이루어진 주먹이건만 대산부군의 권력이 휩쓸고 지나간 자리는 처참하게 일그러져 풀 한 포기조차 남아나지 않았기에 운예소의 발은 한층 바삐 움직여야만 했다.

'힘 하나는 고금제일이로군.'

정면으로 맞닥뜨릴 상대가 아니다. 저런 힘과 위력이라면 제아무리 단단한 철척이라도 그대로 우그러뜨리고 직격으로 들어올 판이니까.

"받아라!!"

걸걸한 목소리를 내지르며 노인이 달려들자 유연하게 몸을 빼며 철척으로 권력을 견제하던 운예소가 손목으로 전달되는 무게감에 깜짝 놀랐다.

찌릿—

'뭐야, 이건?'

한나라의 패왕으로 군림했던 항우의 힘일까?

맞상대하지 않고 그대로 흘려냈을 뿐인데도 팔목을 지나 어깨까지 타고 올라온 충격에 자칫 철척을 놓칠 뻔한 운예소가 인상을 구겼다.

'어처구니없군.'

너무도 강력한 힘, 그리고 강대한 기세. 그나마 한 가지 다행이라면 대산부군의 신법이 권법에 비해 턱없을 정도로 떨어진다는 정도일까.

만약 그의 신법이 권법의 절반 정도라도 되었더라면?

'끔찍한 가정이다.'


"내가 아둔했구나……."

운예소와 대산부군의 싸움을 지켜보던 이성룡이 입을 떡 벌렸다. 나름대로 팽팽한 호각지세였다고 생각했는데 이제 보니 노인은 실력의 반 푼도 보이지 않았던 것 아닌가.

저런 힘이라면 불심개화가 아니라 연화삼검의 마지막 초식이자 전설처럼 전해 내려오는 보타검가의 궁극적인 힘, 청정돈오(淸淨頓悟)라도 쥐어짜 내야 겨우겨우 버텨냈을 터였으니까.

한마디로 어리니까 슬슬 놀아줬다는 말인데, 그런 것에 기분이 나쁠 만큼 편안한 상황이 아니라서 이성룡이 고개를 저으며 허탈하게 중얼거렸다.

"누나, 우린 아직 햇병아리였나 봐……."


쾅! 쾅! 쾅!

미친 망아지처럼 노호성을 지르며 주먹을 휘젓는 대산부군의 기세에 연신 뒤로 밀리던 운예소가 철척을 한 바퀴 돌리며 장내를 벗어났다.

상대는 만부막적이라는 항우다. 조금 늙긴 했지만 나이를 먹었다고 그 힘이 어디로 가겠는가.

그렇다면 자신이 해야 할, 아니, 할 수 있는 것은 뭘까?

문득 입가에 미소 하나를 매달고 운예소가 철척을 거두었다.

"음?"

대산부군이 눈을 동그랗게 떴다.

이건 자발적 무장해제다. 그나마 철척으로 권력을 감당하던 그였기에 지금의 모습은 누가 보더라도 승부를 포기하는 것에 다름이 아니었다.

"뭐, 상관없지."

의아해하던 대산부군이 고개를 한번 갸웃거리고는 재차 나섰다. 이건 비무가 아니었으니까. 어차피 상대의 반응 따윈 상관없으니까. 점잖게 서로의 무학을 비교하면서 논검이나 하자고 손을 섞는 형편이 아니었으니까.

피와 목숨을 취하기 위해 나선 자리다. 굶주린 승냥이들의 싸움에서 상대방의 형편 따윈 논외에 불과하다.

그것이… 무림이다.

"후우웁!"

크게 숨을 모은 대산부군이 눈을 빛냈다. 초강의 말대로라면 운예소라는 애송이는 그리 만만치 않을 거라고 했다. 그렇다면 지금의 모습도 그가 모르는 꿍꿍이를 숨긴 것일지도 모른다.

"박살 내주마!"

우우웅—

　두 주먹을 위로 쳐든 대산부군이 풍차처럼 손을 돌리며 달려들자 공기가 찢겨져 나가는 소음과 함께 운예소의 전면으로 막대한 권력의 파도가 일렁이기 시작했다.

　절체절명의 상황. 급박한 처지에 내몰린 운예소였는데 그의 입가에 떠오르는 건 미소였다.

　"내가 할 수 있는 것이라……."

　그건 추모의 노래.

　"노래……."

　항우장사 같은 힘으로 밀고 들어오는 대산부군을 바라보던 운예소가 권력이 지척에 이르자 발을 움직였다.

　스르륵―

　"어?"

　살짝 움직였을 뿐인데 운예소는 마치 거짓말처럼 사라져버렸다. 유령과도 같이 사라진 그를 찾아 좌우를 돌아보며 콧김을 뿜는 대산부군에게 어디선가 속삭임이 날아들었다.

　명부의 귓속말이.

　"문득 노인장에게 어울릴 노래 한 자락이 생각났소."

　"무슨 개소리냐!"

　종잡을 수 없는 곳에서 들려온 속삭임에 대산부군이 버럭 소리를 지르자 이를 즐기기라도 하듯 운예소의 목소리는 아교처럼 끈끈하게 다가왔다.

　"사면초가라고……."

사면초가(四面楚歌). 한나라 항우가 초나라의 유방과 마지막 결전을 치렀을 때 모든 부하 장수들을 잃고 사방을 둘러싼 초나라 군사들의 노래를 들었다는 고사.

자신을 항우에 빗대었다는 걸 눈치 채고 대산부군이 이를 부드득 갈았다.

"건방진… 네놈이 그럼 한신이라도 된단 말이냐?!"

"후후후……."

아련한 웃음과 함께 희끗하던 운예소의 신형이 완전히 사라지자 제자리에 떡 버티고 서 있던 대산부군이 주먹을 치켜들었다.

"좋다, 네놈은 쥐새끼처럼 숨어서 그 되지도 않는 노래를 불러보아라."

위잉―

대산부군의 볼에 세 가닥 선이 그어지며 그의 장포가 미친 듯이 펄럭거렸다.

"곧 네놈은 놀란 뱀처럼 머리를 쳐들게 될 것이다!"

타초경사(打草警蛇). 풀을 쳐서 숨어 있던 뱀을 깨운다는 뜻이니 섣부른 행동으로 화를 자초하는 경우를 이르는 말이나 대산부군은 일부러 풀을 두드려 모습을 숨긴 적을 찾아내겠다는 의미로 사용한 것이다.

쿠릉―

그가 춤을 추듯 주먹을 휘두르자 사방으로 대산부군의 권력이 퍼져 나갔다.

　일순간에 네 개의 지점을 공격하는 수법. 여러 방위를 공격하기에 힘이 분산될 법도 하거늘, 대산부군의 권력은 모든 지점마다 동일한 위력을 전달했으니 절초라 아니 할 수 없었다.

　'대단하군!'

　사방으로 퍼져 나가는 권력을 보며 운예소가 감탄을 금치 못했다. 네 개의 지점에 거의 같은 힘과 속도로 주먹을 뻗기란 그야말로 난망한 노릇. 그러나 이와 같은 권력이 존재한다면 상대하는 입장에선 무척이나 난감할 터였다.

　하지만 운예소에게도 믿는 구석이 있었으니.

　권력이 이르는 지점을 바라보던 운예소가 반짝 눈을 빛냈다.

　'남, 서, 북, 동!'

　빠른 판단과 함께 그의 어깨가 힐끗 움직이고 운예소의 신형은 남쪽에서 시작하여 서쪽으로 이동하나 싶었는데 어느새 북쪽을 지나쳐 동쪽으로 이르렀다.

　그야말로 사면에서 들리는 초나라의 노래가 이런 것일까?

　쾅!

　권력은 네 개, 그러나 폭음은 하나. 그렇지만 운예소는 조금의 타격도 입지 않았기에 대산부군이 이를 갈아붙였다.

　"이, 이런 미꾸라지 같은 놈! 사방진천(四方震天)을 피하다니!"

사방진천이라면 대산부군의 권법인 광천폭류(廣天暴流)의 절초로서 다수의 적을 상대하는 데 최고의 효율을 보이는 초식이었다. 그런 사방진천이거늘 단 하나의 적을 격상시키지 못했다니.

대산부군의 얼굴이 붉으락푸르락 상기되는데 운예소가 나른한 목소리로 중얼거렸다.

"사방진천이라… 초식 이름에 걸맞은 속도와 위력으로 사방을 노렸지만 그건 어디까지나 시각적인 것일 뿐, 결국 노인장의 주먹은 분명한 시차를 두고 각 지점에 도달했던 거요. 사람의 팔이 네 개가 아닌 이상 어찌 사방을 동시에 공격할까."

"으음……."

침음을 흘린 대산부군이 눈살을 찌푸리고 다시 한 번 운예소를 훑어보았다.

정확한 지적이다. 사방진천이 말 그대로 사방을 동시에 노리는 수법이지만 인체구조상 완전히 같은 시간에 힘을 전달할 수는 없는 노릇이다.

하지만 각 방위마다 전달되는 힘의 시차를 육안으로 도저히 파악할 수 없을 만큼 빠른 공격이었거늘.

"내가 너를 경시했구나."

고개를 끄덕인 대산부군이 흐릿하게 움직이는 운예소를 마음으로 쫓다가 어느 순간 오른 주먹을 번쩍 들어 올렸다.

“그렇다면…….”

쿠쿠쿠—

전 공격을 불러 모은 대산부군이 버럭 소리를 내지르며 오른 주먹으로 지면을 내려쳤다.

“이것도 받아보아라!”

쾅!

쩌어억—

대산부군의 주먹이 땅에 박히자 그 자리를 축으로 지면이 균열을 일으키다 마치 거미줄처럼 갈라지며 사방으로 퍼져 나가기 시작했다.

이것은 광천폭류의 절초 중에 절초라는 지붕천멸(地崩天滅)인데 한껏 기를 모은 주먹으로 지면을 내려쳐 땅이라는 매개체를 통해 간접적으로 상대방을 공격하는 수법이었다.

‘이런!’

쩍쩍 갈라지는 지면을 바라보던 운예소의 눈이 가늘어졌다.

‘갈라진 균열 사이로 막대한 열기가 분출되고 있다!’

직접적인 공격이 아니기에 위력이 덜할 거라고 생각하면 오산. 지붕천멸의 무서운 점은 땅을 내려친 여파, 즉 진동을 통한 공격뿐 아니라 지면이 갈라진 틈 사이에서 발산되는 열기로 적을 상하게 하는 데 있었다.

대산부군이라는 명호에 너무도 잘 어울리는 초식, 그리고

위력. 숨을 곳도 없고, 그렇다고 맞서 상대할 수도 없는 위력
의 강공.

"저건 또 뭐야!"

이성룡이 깜짝 놀라 방방 떴다. 보타군도에서 수많은 무인
들과 상대를 하며 전공을 올린 그였기에 나이에 비하여 실전
경험은 꽤나 많다고 자부했건만 저런 초식은 난생처음 보는
것이었다.

위력이면 위력, 괴이함이라면 괴이함까지.

"어쩌지?!"

피하라고 소리 지르고 싶었지만 엉뚱한 말이 입에서 튀어
나갈 정도로 대산부군의 초식은 피할 방법조차 없어 보였다.
그도 그럴 법한 것이 지진을 피할 사람은 없으니까.

보타용봉… 진정한 용과 봉황이 되려면 아직도 많은 수련
을 해야만 할 것이다.

'후!'

짧게 숨을 들이켠 운예소가 지진이라도 난 것처럼 갈라지
는 지면을 바라보다 지그시 눈을 감았다. 남들의 눈에는 대지
의 광란처럼 보이겠지만 그에게 있어 지금의 상황은 수많은
선들의 새로운 조합 그 이상도 이하도 아니었다.

물론 여태까지와는 조금 다른, 그래서 풀기 어려운 선이었

지만.

　'아까와는 달리 사방에서 거의 동일한 시간대로 퍼져 나오는 선들! 굵직굵직한 선의 두께만큼이나 강력한 힘의 전달! 부수적인 실타래까지!'

　물론 부수적인 실타래라면 갈라진 지면에서 솟아나는 열기를 말함이다.

　급박한 상황! 이것은 대지에 내려앉은 태풍이다!

　두 눈을 번쩍 뜬 운예소가 차가운 시선으로 선들의 직접적인 파동을 지켜보다 주먹을 불끈 쥐었다.

　'선이 선이기 전의 모습은 점! 무수한 점들의 연결이 선이라면 그 점들의 시발점은?!'

　있다, 한곳이 있다. 그리고 운예소는 기계적으로 그곳과 자신의 최단거리를 뽑아내었다.

　"간다!"

　스르륵—

　그의 신형이 유령처럼 사라지자 대산부군은 내리꽂힌 팔에 더욱 힘을 실으며 창노한 음성을 내질렀다.

　"더 이상 숨을 곳은 없다!"

　그리고…….

　"맞소."

　꺼지듯 대산부군의 정면에서 솟아난 운예소가 미처 팔을 빼지도 못하고 입을 벌린 그를 바라보며 고개를 가로저었다.

“너, 너는?!”

“숨을 수도 없을뿐더러, 숨어서도 안 되지.”

“이놈!”

대산부군이 남은 왼손으로 어떻게든 해보려 했으나 운예소의 주먹은 이미 그의 면전에 도달해 있었다.

뻐억—

“큭!”

턱을 강타당하고 비틀비틀 뒤로 물러서며 대산부군이 믿을 수 없다는 듯 중얼거렸다.

“지, 지붕천멸이 이런 식으로 깨지다니…….”

이미 대세는 기운 상태. 차분하게 앞으로 다가서며 운예소가 대답했다.

“공력을 지면이라는 매개체로 상대방에게 전달하여 타격을 입히는 수법. 거기다 갈라진 틈새로 지열까지 불러일으켜 적의 움직임을 봉쇄하니 그야말로 무서운 초식이었지. 하나…….”

대산부군의 지척에 이른 운예소가 파리한 미소를 지었다.

“이는 모두 상대방이 진동과 열기에 영향을 받은 경우에나 해당되는 일. 만약 남들보다 조금 더 단단한 신체를 지닌 이가 눈썰미 좋게 진동과 열기의 핵을 찾아낸다면 승부는 전혀 다른 방향으로 흐르겠지.”

그렇다. 지붕천멸은 수많은 장점을 지닌 초식이지만 결정적인 약점도 지녔으니, 그건 바로 땅에 시전자의 팔이 박혀 있어야 한다는 것이다.

이는 두 가지로 해석할 수 있는데 우선 지붕천멸이 끝날 때까지 시전자는 행동불능의 상태라는 것이고, 두 번째로 거의 전 방위를 공격하는 수법이지만 시전자의 주위로는 진동과 열기가 거의 없다는 점이다.

한마디로 지진의 핵에 해당하는 시전자의 팔 가까이로 다가서면 지붕천멸의 시전자는 바보가 되고 운예소는 이를 실천에 옮겼다는 거다.

이론적으로는 간단하기 그지없는 파훼법이지만 이를 실천하기 위해선 운예소의 말마따나 지붕천멸이 불러일으키는 진동과 열기를 감당할 신체, 그리고 과감한 판단력, 마지막으로 시전 지점에 최단선으로 이를 수 있는 눈썰미를 요하니 말처럼 쉬운 움직임은 아니었다.

절벽… 건진 것 없는 생고생이었다고 한탄했는데 세월이 지나고 보니 여러모로 쓸 만하다. 뜻하지 않았던 조력자, 그리고 쇠심줄처럼 질긴 신체까지.

저간 사정을 알 리 없는 대산부군이 운예소의 전진에 순간적으로 공포를 느꼈다.

"아니야, 이럴 수는 없어. 피와 살로 이루어진 사람의 몸일진대 그 열기와 진동을 어떻게 감당했다는 거야……."

운예소의 파리한 미소가 더욱 짙어졌다. 이른바 썩은 미소로.

"많이 떨어지다 보면 다 되오."

대산부군의 머리에서 의문부호가 피어나기도 전에 운예소의 공격이 시작되었다.

축―

앞으로 나선 그가 살짝 발을 차올리자 주먹을 들어 공세를 취하려던 대산부군의 얼굴이 새하얗게 탈색되었다.

이렇게 근접에서 손을 나누어본 적이 없는 그로선 운예소의 공격은 집요할 정도로 단선적이었기에 수비하기 어려웠고, 권력의 성격상 일정 거리가 주어지지 않은 상태에서의 주먹질에 위력을 담기란 난망한 노릇이었다.

"커!"

끝내 운예소의 무릎이 빈틈을 파고들었고 명치를 가격당한 대산부군의 몸이 절반으로 접혀졌다. 그러나 유연하게 허리를 튼 운예소의 오른손이 다시 한 번 그의 턱을 때렸고 대산부군은 그저 물러서기에 바빴다.

"이 싸움에서 초강이 노리는 바가 무엇이오?"

"내가 대답할 성싶으냐!"

발악적으로 외치는 대산부군의 가슴에 운예소의 주먹이 다시 박혔다.

"크윽!"

"무엇을 얻자고 이리도 큰일을 벌인 것이오? 사도세가의 멸문? 단지 사도세가를 지워 버리는 일이라면 거창하게 일을 벌이지는 않았을 터.”

묻다 보니 이상하다. 천추산맥이 사도세가를 멸문시키려 이 판을 벌였다면 야밤에 기습을 할 일이지, 대리인을 내세워 선전포고의 형식까지 취할 이유는 없다.

무림에서 천추산맥의 존재를 인지하고 있는 이는 몇 없을 테니.

또한 대리인을 내세운 걸로 보아 이번 싸움을 기화로 천추산맥의 존재를 무림에 두루 알리려는 생각도 없는 눈치.

그렇다면?

운예소가 예리한 눈빛으로 고통에 신음하는 대산부군을 쏘아보았다.

“당신들… 뭔가를 겁내고 있군?”

그렇다. 이들은 지금 꺼리는 무엇이 있다. 어쩌면 현존하는 최강의 세력일지도 모르는, 그런 막강한 천추산맥이 대리인까지 내세우면서 자신을 감춰야 할 이유가 있다는 거다.

운예소의 냉엄한 질문에 대산부군이 눈을 치떴다.

“모, 모른다! 난 모른다!”

“그래?”

고개를 끄덕인 운예소가 앞으로 쭉 나서며 대산부군에게 마지막 한 방을 선사해 주었다.

“어차피 상관없지. 당사자에게 직접 들으면 그만이니까 말이야."

퍼억—

그대로 쓰러지는 대산부군에게 눈길도 주지 않고 몸을 돌린 그가 비릿한 미소를 지으며 자리를 떴다.

"받을 빚도 있으니."

악마라도 마주하지 못하고 고개를 돌릴 만큼 철저하게 비틀어진 운예소의 미소. 그것은 안휘성의 시전에서 불량배의 얼굴을 자갈로 뭉개 버렸을 때 지었던 살소임에 틀림없었다.


*          *          *


사도천악의 승리는 전황에 커다란 영향을 미쳤다. 단지 고수 하나를 쓰러뜨린 정도가 아니라 사도세가의 식구들에게 무한한 긍지를 심어주었고 그런 그의 합류에 모두의 사기는 배가 되었다.

"여러분!"

최전선에서 칼을 비껴든 사도천악이 그렁그렁 맺힌 눈물을 닦지도 않고 외쳤다.

"오늘 저는 어쩌면 다시 만나지 못할 친우 한 분을 잃고 말았습니다! 세가와는 아무런 상관이 없었던 분이었지만 단지 우정 하나로 이번 싸움에 참여하셨던 분이셨기에 죄스러운 마음은 말로 표현할 수조차 없습니다!"

완전한 침묵. 병장기 부딪치는 소음이 요란했지만 사도세가의 식구들은 누구도 입을 열지 않았다.

"그렇지만 우리는 앞으로 나아가야 합니다! 반드시 이겨서 승리의 노래를 불러야 합니다! 그것이야말로 그분이 지켜주려 했던 강호의 정의를 세우는 길입니다!"

"와아아아!"

"우우우우!"

모두가 무기를 쳐들며 환호로 대답하자 사도천악이 칼을 번쩍 들어 올리며 우렁차게 외쳤다.

"저 하늘에서 내려다보고 계실 빙모절창 상관추상 여협을 위하여!"

"상관 여협을 위하여!"

"상관 여협을 위하여!"


이선에서 이 광경을 목도하던 사도고엽이 환한 미소를 지었다. 홍안의 손자는 운남의 푸른 하늘에서 이제는 사도세가의 대들보로 훌륭하게 제 역할을 수행하고 있지 않은가.

"잘 자라주었구나, 잘 자라주었어."

"그러게 말입니다. 아련이와 함께 무한으로 떠날 때만 해도 풋사과였는데."

은근히 다가온 사도웅심이 맞장구치자 사도고엽의 얼굴에 맺혔던 웃음이 사그라졌다.

“암만 그래도 자네 나이 때보다는 영글었다고 기억하네만.”

“어험험.”

본전도 못 찾은 사도웅심이 헛기침으로 위기를 타개하려 했지만 사도고엽에게 아들은 안중 밖이었다.

“정말로 잘 자라주었어!”

사도고엽의 흐뭇한 미소를 보던 사도웅심이 결심한 듯 고개를 끄덕였다.

“이번 일만 마무리 지으면 저도 아버님을 따라다녀야겠습니다.”


계산대로 결과를 기대하기 어렵다는 게 인간사라지만 이렇게 완벽한 틀 안에서도 변수가 발생하다니.

‘제기랄!’

기산자, 아니, 초강이 입술을 지그시 깨물었다.

분명 계획은 나무랄 데가 없었다. 제갈공명이 살아 돌아와도 손뼉을 치며 감탄할 만한 작전이었다. 독중독인에 비견될 동생과 동명으로 운예소와 사도천악, 그리고 상관추상의 진을 뺀 후 흑암천녀와 대산부군이라는 두 명의 절대고수로 마무리를 짓는 것.

일견 간단한 계획이었지만 운예소들의 무력을 철저하게 분석하여 얻은 결론에 입각하여 판단한 것이기에 단 한 점의 빈틈도 없다고 여겼었다.

그런데 틀어져 버렸다.

상관추상이라는 계집이 목숨을 던져 가면서까지 꼬마를 지킨 이유를 알 수 없고, 보타군도에서 용과 봉황이라 이름을 떨친 두 아이들의 등장은 정말로 의외였다.

무엇보다 초강을 당혹케 한 것은 운예소와 사도천악의 무위였다. 아무리 높게 친다고 해도 후기지수 가운데 그저 발군 정도라 여겼던 둘이었는데.

'그 빌어먹을 검법과 움직임은 뭐란 말이야!'

흑암천녀를 한 줌 고혼으로 만든 사도천악의 검식을 떠올리자 저도 모르게 한기가 엄습하여 초강이 어깨를 움츠렸다. 강기공도 어려운 판인데 그것을 칼날처럼 제련한 흑암천녀의 강인은 무림십대강기공 중에서 능히 수위를 다투고도 남음이 있었다.

그런 강인이었지만 피와 죽음의 향기로 가득 찬 사도천악의 검식을 당할 수는 없었다. 전설상의 유성이 검의 극의를 깨치기 전, 가장 파괴적인 검법이라 평했던 살인 검식이 하나 있었다고 들었는데 사도천악의 그것을 보노라니 자연스레 그 초식이 생각날 정도였다.

검을 닦는 모든 이들의 꿈이자 두려운 네 글자.

'월광살무……'

그리고 대산부군의 절초, 지붕천멸을 무력화시킨 운예소

의 움직임.

물론 지붕천멸이 천하제일의 초식이란 얘기가 아니다. 지붕천멸은 탁월한 위력만큼이나 치명적인 약점을 내포하고 있는 초식이었고, 그것은 절대로 고칠 수 없는 부분이었다.

하지만 일단 발동이 된다면 그야말로 천하무적을 바라볼 지붕천멸이다. 그런데 운예소는 마치 누구에게 들은 것마냥 지붕천멸의 약점을 파고들어 승부를 결정지었다.

주변부 전체를 붕괴시키나 균열의 중심축은 공동화가 되어버린다는 지붕천멸의 약점. 그러나 중심축으로의 도달은 난망 그 자체이기에 약점이 아닌 지붕천멸의 약점.

하나 운예소는 거짓말처럼 자신의 위치와 중심축과의 최단거리를 순식간에 산출하고 그곳에 도달했던 거다. 아무리 가장 짧은 거리를 뽑아냈다고는 해도 그 순간 받는 물리적 충격을 피와 살로 이루어진 몸으로 감내하고서 말이다.

전설적인 최강 근접박투가라는 괴성의 그것처럼.

"왼편을 때릴까요?"

산수탄주 이화평이 초강을 돌아보며 속삭였다. 그는 삼도천의 세 개 세력 가운데 가장 강하다는 산수탄의 지휘자였고 흑암천녀와 대산부군에 버금갈 정도로 강한 무위를 지닌 인물이기에 초강 역시 좌시하지 못하는 형편이었다.

"그게 무슨 말인가?"

"현재 전방에서 교전 중인 광명왕원의 무인들은 사도세가의 주력과 나름대로 어우러진 상태, 오른편의 무적검제와 사도웅심을 주축으로 하는 원로전까지 나선다면 상황은 돌이키기 어려워지니 손해를 감수하고서라도 왼편을 두드려서 시선의 분산을 꾀하는 것이 좋을 듯싶습니다만?"

고개를 돌린 초강이 이마에 깊은 주름을 새기며 고개를 가로저었다.

"손해라고? 됐다."

"예?"

놀란 이화평에게서 고개를 돌리며 초강이 차갑게 뇌까렸다. 한 번 틀어진 계획이었지만 태생이 모사인 그였기에 지금의 상황을 토대로 다시 한 번 전황을 분석하여 또 다른 그림을 그려내고 있었다.

물론 자신에게 가장 유리한 모양새로.

"이대로 소강상태에서 삼도천은 한 발자국도 움직이지 말아야 할 것이야."

"그게 무슨 말씀인지?"

"됐어. 자네는 그저 자리를 지키면 돼!"

초강의 차가운 응대에 이화평이 고개를 갸웃거리다 탄식을 지었다.

'속에 껴입은 옷도 이해하기 어려운 일이었거늘, 싸움에 임하는 자세까지… 도시 초강님의 속내를 알 수 없구나.'

속에 껴입은 옷?

급박하게 돌아가는 전장과 상관없이 운예소는 최대한 외곽으로 움직였다. 그가 개입해야 할 정도로 급박한 상황이 아니었고, 무엇보다 운예소에게는 절대적인 사명이 있었다.

이번 일의 주범이자 그녀의 원수.

'초강, 네놈만은 반드시!'

급할수록 돌아가라 했다. 조급하게 쫓다간 놓쳐 버릴지도 모르는 일. 기척을 숨긴 채로 이동하던 그가 이선으로 물러선 광명왕원의 고수들 속에서 부산하게 지시를 내리는 초강을 발견했다.

으드득—

이빨이 부러져 나가도록 이를 갈았지만 당장 뛰쳐나갈 수는 없는 노릇. 비록 그가 죽음의 거리를 제압한다고 하지만 서른 명이 넘는 무인들을 감당할 수 있을지 의문이고 승부가 된다 하더라도 그 와중에 미꾸라지처럼 초강이 빠져나간다면 그때는 정말로 잡을 방법이 없다.

'어쩐다……'

신중하게 행동할 시점이다. 그야말로 타초경사의 우를 범한다면 초강이라는 교활 그 자체의 뱀은 다시 모습을 드러내지 않을 터였다.

어둠에 몸을 숨긴 상태에서 초강의 일거수일투족을 주시하던 운예소가 문득 이상한 점을 느끼고 고개를 갸웃거렸다.

현재 전황은 천추산맥에게 유리하다고 하기 어려운 전개였다. 아니, 사도천악의 가세와 독려로 사도세가의 사기가 급상승했기에 불리하면 불리한 상태였거늘.

'음?'

전방에서 사도세가의 고수들을 상대하는 무인들은 태양 문양의 인물들이었다. 그들의 무력이 사도세가의 정예들과 견줄 정도로 뛰어난 것이었기에 당연한 수순일 수도 있다.

그러나…….

'저들은 뭐지?'

나머지 삼색의 무인들. 그들 역시 천추산맥의 인물들임에는 틀림없을 텐데.

'대체 무슨 생각인 거야?'

그들 역시 국지적인 싸움을 벌이고 있긴 하다. 언뜻 본다면 그렇다는 얘기다. 하나 자세히 관찰한다면 완벽한 수비, 그 이상도 이하도 아니었다.

물론 공세 일변도의 싸움은 패배를 자초한다. 그러나 싸움을 걸어온 쪽이라면 기본적으로 공격적으로 나가는 것이 정석이거늘, 삼색의 무인들은 수비만을 염두에 둔 진형으로 일관하고 있지 않은가.

이를 뒷받침이라도 하듯 삼색의 무인들에 둘러싸인 초강 역시 단 한 차례의 교전을 벌이지 않고 있었다. 앞서 나가려는 그들을 단속하는 눈치였으니 그 의중을 알 길이 없었다.

무슨 속셈으로 저러는 것인지 모르지만 운예소의 입장으로는 답답하기 그지없는 상황. 싸우자고 달려드는 적에게서 허점을 발견할 수는 있으나 지키자고 움츠러드는 적의 약점은 좀처럼 찾기 어려운 법이니까.

사방을 둘러보던 운예소가 곧 누군가를 발견하고 조용히 그에게 다가섰다.

"검제 어르신."

"아니, 자네는?"

전황을 예의 주시하던 사도고엽이 운예소의 등장에 깜짝 놀랐다.

"이대로라면 승부는 내일 아침에나 기대할 수 있습니다."

"음……."

"물론 사도세가로서는 이대로라도 좋겠지만 말입니다."

뜨끔!

정곡을 찔린 사도고엽이 입술을 우그러뜨렸다. 운예소의 지적은 매우 예리한 것으로 전방에서 태양 문양의 적들과 교전 중인 사도세가의 정예들을 제외한 나머지들, 즉 세가의 실질적인 힘인 원로전과 규율당이 전장에서 비껴서 있음을 돌려서 말한 것이다.

돌아가는 모양새로 보아 적의 수장 역시 확전 의사는 없어 보이는 형편이었다. 아니, 이렇게 소강상태로 일관하다 적당히 물러서려는 눈치였다.

그렇다면 이쪽에서 손해를 감수하면서 전면전을 펼칠 이유는 없을 터. 침입한 쪽에서도 소강상태를 원하고 있고, 사도세가 역시 큰 충돌 없이 적을 물리친다면 소기의 목적을 달성하는 것일 테니.

"이대로 보내시려는 겁니까?"

"인명은 소중한 것일세. 그것이 가문이나 사문의 명예가 걸려 있다고 해도 말이야."

"저 역시 동의합니다. 하나 이런 식으로 무력하게 저들의 퇴각을 용인한다면 앞으로 제 자신을 돌아보지 못할 것입니다."

조용한 분노.

운예소의 강렬한 눈빛에 사도고엽이 고개를 갸웃거렸다. 물처럼 순한 사람이 화를 내는 것엔 의당 이유가 있는 법이고 또한 타당한 경우가 많다.

"음……."

치고 나가고픈 마음은 사도고엽 역시 굴뚝이었다. 그렇지만 가문의 큰 어른으로서 세가 사람들의 희생을 조금이라도 줄여보려는 고육책으로 택한 것이 바로 지금의 수비 형태였다.

"나 역시 저들을 철저히 추궁하여 천추산맥의 실체를 밝혀내고 싶다네!"

사도고엽이 으르렁거렸다. 그의 눈썹이 역팔자를 그리자

장포가 부풀어 오르며 작은 돌개바람마저 맴돌아 올랐다.

“그러나 오늘은 백중의 세, 확실한 우위를 점할 수 없으면 관망하며 사태의 추이를 지켜보는 것이 전략의 기본이라네. 저쪽이야 잃을 것이 많다고 할 수 없지만 이번 싸움에서 우리는 패배 자체가 가문의 몰락이니 전체를 놓고 도박을 할 수는 없지 않은가?”

노도처럼 불타오르던 기세는 점차 수그러들다 잦아드는 목소리처럼 종국에는 힘없이 내려앉았고 사도고엽의 노안은 아래로, 아래로 처져 버렸다.

운예소로도 더 채근하기 어려운 것이 원군이라고 해도 결국 제삼자의 입장. 세가의 사활이 걸린 일을 함부로 논할 수는 없는 형편이었다.

“검제 할아버지의 말씀은 지당하신데요…….”

정명진이 얼굴을 불쑥 내밀었다. 나름 또렷한 눈빛과 말투로 보아 충격에서 벗어난 눈치였지만 볼에 얼룩진 눈물자국과 풀어헤쳐진 머리는 지울 수 없는 상처를 대변하는 듯했다.

“이편의 피해를 최소화하면서 상대를 옥박지를 방법이 전혀 없진 않아요.”

“호오~ 그게 무슨 말이지?”

사도고엽이 고개를 돌렸다. 비록 증손자뻘 되는 정명진이지만 남다른 총명함을 인정하는 바였고 둘만의 세가라지만 가주다운 가품마저 지녔기에 어린아이로 대접하지 않는 터였다.

사도고엽이 관심을 보이자 정명진이 이십팔위의 품에서 폴짝 뛰어내렸다.

"무상 형님."

"음? 음!"

잠시 고개를 갸우뚱하던 운예소가 곧 몸을 낮추어 정명진을 목말 태워주었다.

이제는… 말하지 않아도 서로의 의사를 어느 정도 읽을 처지가 된 것일까?

높은 곳에서 전황을 둘러보던 정명진이 어른스레 턱을 쓰다듬으며 중얼거렸다.

"음… 검제 할아버지 말씀대로 지금의 상황은 어느 편이 낫다고 보기 어려워요. 상대가 내미는 힘만큼만 응대를 하고 있으니 당연한 일이죠. 그렇지요?"

"어허험!"

정명진이 고개를 돌려 사도고엽을 예리한 눈으로 바라보자 그는 헛기침을 하며 고개를 돌렸다. 자연 사도고엽의 옆에 시립해 있던 사도율한과 사도웅심의 안색이 변했다.

"아버님, 이 아이는 누구……."

"동무일세."

"예?"

상식선을 벗어나는 사도고엽의 대답에 사도웅심의 눈이

휘둥그레졌지만 정명진의 야무진 목소리는 계속해서 이어졌다.

"어차피 압승을 목표로 싸우지 않는 사도세가처럼 저들 역시 실제 싸움은 태양 무늬의 무인들에게 맡겨둔 상태고 나머지 삼색의 인물들은 사태만 지켜볼 뿐, 절대로 나설 기미가 보이지 않지요? 아마도 저쪽 역시 승부, 즉 사도세가와의 전면전이 아닌 꿍꿍이를 지녔음이 분명해요. 한마디로 이 싸움은 양 진영 모두에게 무의미하다고 볼 수 있지요."

"흐음."

논리 정연한 정명진의 설명에 사도고엽이 턱을 쓰다듬었다.

"결국 이런 소강상태를 몇 시진이고 유지하면서 서로의 눈치만을 살피겠다는 건데 그동안 발생할 손실 또한 무시할 수는 없지요. 전부를 내주지 않는다 치더라도 말이에요."

"그럼 결론은?"

"목청만 높이면서 주위를 맴도는 개를 쫓아내는 데 매보다 좋은 약이 없지요. 그렇지만 물려서는 안 되니 적당한 심리전을 가미한다면 좋은 결과를 얻을 수 있을 거예요."

"심리전?"

사도고엽의 반문에 대꾸를 하지 않고 입술을 꾹 닫은 정명진이 손가락으로 삼색의 무인들을 가리켰다.

"원로전의 할아버지들과 천강 아저씨들이 두 파로 나뉘어서 태양 문양의 무인들을 둘러싸는 척하세요."

태양 문양의 무인들이라면 광명왕원의 고수들을 일컫는 것일 터.

"둘러싸는 척이라?"

"예. 척이에요. 절대 참전하시지 말고 가세하는 척만 하는 거죠. 그러면 태양의 무인들은 반사적으로 삼색 무인들의 원조를 바라는 마음이 생길 거예요. 그 시점에서 순간적으로 방향을 틀어서 삼색의 측면을 치세요. 삼색의 무인들은 전의가 없는 상태이기에 어떻게든 모면하려고 들겠지요. 이때 중요한 건 미처 생각하지 못한 것처럼 삼색 무인들의 후방을 비워두는 거지요. 그럼 그들은 얼씨구나 하면서 물러설 테고 태양무늬의 인물들은 아군의 퇴각에 동요를 보일 거예요."

"호오."

"그때 모두가 나선다면 저들은 자멸할 거예요."

정명진이 말을 맺자 사도고엽이 사도율한과 사도웅심을 바라보았다.

"자네들 생각은 어때?"

뭐라고 하겠는가, 최선의 방법인 것을.

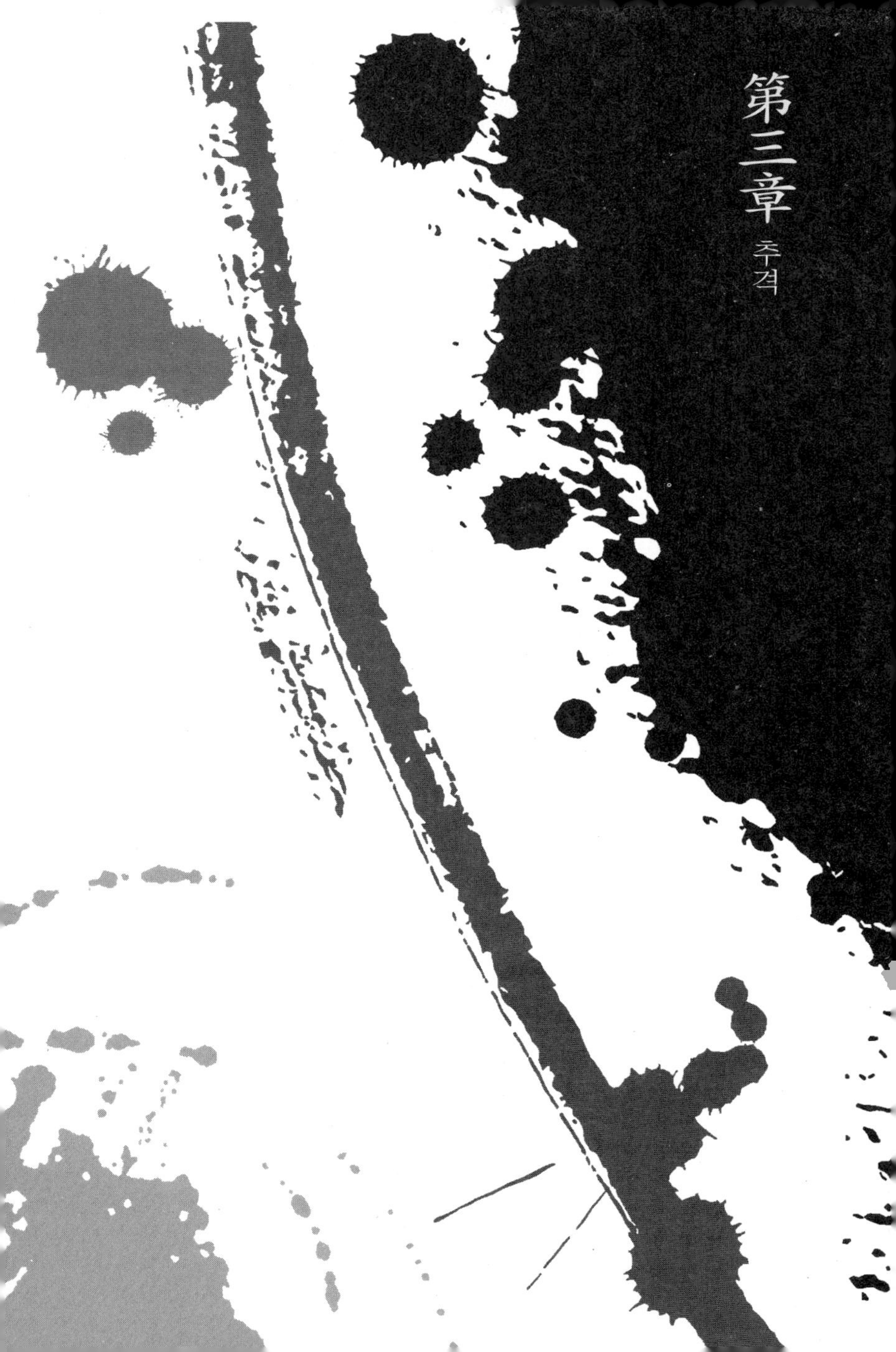
第三章 추격

버티고는 있었지만 사도세가의 사기는 하늘을 찌르는 형편이고 아직 무적검제도 나서지 않은 상황이기에 광명왕원주 좌초걸의 심사는 불편하기 짝이 없었다.

거기다 초강의 태도.

삼도천과의 공동작전으로 알고 왔거늘 저들은 싸움다운 싸움 한번 벌이지도 않고 후방에서 도사리고 있지 않은가.

'대체 무슨 생각인 거야?!'

비록 상대방의 주력이 참전하지 않고 있는 형국이지만 싸움을 건 측은 천추산맥이다. 멸문까지는 아니더라도 한 세대 이상은 일어서지 못할 타격을 주는 것이 목표인데 저런 식의

미온적인 태도는 뭐란 말인가.

이때였다.

"쳐라!!"

"와!!"

사도고엽의 대갈일성이 터져 나오며 원로전의 고수들과 심상치 않은 기세를 풍기던 서른 명가량의 검수들이 바람처럼 앞으로 뛰쳐나왔다.

"이런 제길!"

우려했던 상황. 사도세가의 총공세가 시작되었다.

"최선을 다해라! 삼도천도 곧 앞으로 나설 것이다!"

목청껏 외치며 광명왕원의 무사들을 독려하며 용감하게 앞으로 나서던 광명왕원주가 불길한 느낌에 뒤를 돌아보았다.

'이, 이런……'

뻔히 상대방의 공세를 보면서도 삼도천은 단 한 걸음의 전진도 보이지 않고 있는 것 아닌가.

척척척—

질풍의 기세로 광명왕원을 포위한 원로전의 노인들이 소리를 질렀다.

"여기서 목숨이 다한다 해도 아깝지 않으리!"

"진정한 사도세가의 힘을 보여주마!"

이에 동조하듯 사도세가의 젊은 무인들은 한층 힘을 냈고 광명왕원의 고수들은 밀리기 시작했다.

'큰일이다! 저들의 등장만으로도 사기가 꺾인 것이야!'

다급히 뒤를 돌아보았지만 초강은 눈만 빛낼 뿐, 나서려는 기색이 없었기에 광명왕원주가 이를 악물고 외쳤다.

"죽을 각오로 나서라! 우리는 명부 최강의 전사들인 광명왕원의 사람들이다!"

공허한 외침. 이미 광명왕원의 고수들도 삼도천의 인물들이 소극적으로 맴도는 걸 눈치 채고 주춤거리는 형편이라 전세를 만회하기란 난망한 노릇이었다.

'초강! 네놈이 이런 식으로 나오다니!'

광명왕원주가 어깨를 부들거리는 순간 그들을 둘러쌌던 원로전의 고수들과 검수들이 썰물처럼 빠지며 삼도천의 양 측면을 공격하기 시작했다.

"유교도와 강심연은 좌우를 맡고 삼도천은 중앙을 공고히 하라!"

당황한 초강이 삼도천의 무인들에게 빠른 지시를 하달했지만 워낙 급작스런 전개에 침착한 대처를 하지 못하고 그들은 허둥거리기 시작했다.

"저들이야말로 진정한 원흉들이다!"

전임 내율당주 사도율한이 큰 소리를 지르며 뛰쳐나오자 원로전의 노고수들이 삼도천을 압박해 들어왔다.

'뭐야?'

선두는 텅 비워두고 배후를 치는 형국. 이 급변한 상황에 광명왕원주 좌초걸이 주춤 물러섰다. 분명 자신들을 목표로 한 공세였는데 어째서 방향을 바꾼 것일까?

'뭐가 어찌 흘러가는지 몰라도……'

잘된 일이다!

연합작전 내내 소극적인 모습만 보였던, 아니, 얍삽하기까지 했던 삼도천의 행태에 적이 속상했었거늘 사도세가에서 이렇게 나와주니 고맙다.

어차피 연합작전 따윈 물 건너간 지 오래니까.

"원주님!"

수하 하나가 좌초걸을 돌아보았지만 그는 눈썹을 세우고 짧게 응대했다.

"진형 유지."

말은 그럴듯했으나 결국 도와주지 말라는 얘기. 수하들 역시 삼도천의 처사가 아니꼬웠던 터라 분연히 고개를 끄덕였다.

"옙!!!"


'저놈들이……'

개구리 올챙이 적 생각 못한다던가?

광명왕원의 소극적인 태도에 초강의 얼굴이 벌겋게 물들었다. 그렇다고 직접적으로 도와달라는 신호를 보내기도 난망한 입장이니 그저 발만 구를 밖에.

　전세는 그야말로 비세. 보통 명문세가들의 주력이 원로전이라고들 하지만 사도세가의 노인들은 평소에 뭘 그리 잘 챙겨 먹었는지 무지막지한 힘으로 밀고 들어왔고 애당초 전의가 없었던 삼도천은 허둥거리기만 하고 있었다.

　"버텨라! 힘껏 버텨라! 곧 광명왕원이 합세할 것이다!"

　글쎄…….


　한쪽은 허둥거리고 한쪽은 고소해하고. 그야말로 자중지난의 극치를 보여주는 적들을 바라보며 사도고엽이 비죽 웃는데 그들을 예리하게 관찰하던 정명진이 짧게 외쳤다.

　"지금이에요!"


　파라락―

　옷깃 스치는 소리도 장엄하게 날아오른 사도고엽이 원로전의 고수들 앞에 내려서며 무겁게 입을 열었다.

　"일단 저들부터 처리하라!"

　그의 손이 가리킨 곳은 다름 아닌 광명왕원이었다.

　'컥!'

　탱탱 놀고 있던 좌초절이 숨을 들이켤 사이도 없이 사도세가의 원로전 고수들은 방향을 바꾸어 광명왕원을 공격하기 시작했고 자연 삼도천의 배후는 텅 비어버렸다.

"그래, 저놈들이 처음부터 엉겼지!"

"쓴맛을 보여주마!"

우리는 그저 들러리예요, 라고 해봤자 믿어줄 이도 없고 믿어줄 분위기도 아니라 광명왕원의 무인들은 눈물을 흘리며 원로전을 상대해야만 했다.

"마, 막아라!"

처절하게 외치는 그의 앞을 말 그대로 떡하니 막아서는 이가 있었으니.

"네가 수장이렷다?"

'큭!

말 한마디에 천 근의 힘을 싣는 사람. 앞에 서는 것만으로 위압감이 되어버리는 노인. 일 점의 내력을 운용하지 않았건만 존재 자체가 부담스러운 무인.

"이 사도고엽이 직접 상대해 주마."

글쎄 수장은 제가 아니라니깐요!

황망한 마음에 고개를 돌리는 좌초걸의 눈에 급히 퇴각하는 삼도천의 모습이 들어왔고 결정적으로 그 가운데 은근히 묻어가는 초강이 보였으니.

'우, 우리만 두고 도망가겠다는 건가!

전의 상실.

꽁무니를 빼는 아군의 등을 바라보며 무슨 투지가 일겠으며 어떤 기개가 샘솟겠는가.

사정은 다른 이들도 마찬가지였기에 원로전의 고수들이 밀면 밀리는 대로, 몰아붙이면 몰아붙이는 대로 이리저리 흔들거리는 광명왕원의 모습을 보노라니 방금 전까지의 기세는 어디로 갔는지 궁금한 지경이었다.

그들의 모습을 지켜보던 운예소가 정명진을 조용히 땅에 내려놓았다.

"가주, 잠시만 기다리게."

"무상 형님……."

"받을 것이 있어 잠시 다녀와야겠어."

빙글 몸을 돌리는 운예소를 물끄러미 바라보던 정명진이 무겁게 입을 열었다.

"오늘은 아니에요."

"뭐?"

"오늘은 아니라고요. 모르시겠어요?"

그 말에 천천히 고개를 돌린 운예소가 주먹을 꽉 쥐고 이글 거리는 눈으로 정명진을 쏘아보았다.

"지금 뭐라고 하는 거지? 저 쥐새끼 같은 놈을 이대로 놓아 주자는 말인가? 내가 그럴 수 있다고 생각하는 거야?!"

"무상 형님……."

"추상의 얼굴이 아직도 선연한데 이대로 저놈을 보내자? 나랑 장난하자는 말인가?"

운예소의 차가운 응대에 입을 꼭 다물었던 정명진이 탄식을 터뜨렸다.

"형님의 분노를, 그 아픔을 저라고 왜 모르겠어요? 하지만 그렇게 저들을 몰아친다면 쌍방의 피해는 걷잡을 수 없을 정도로 커질 거라는 건 아시잖아요?"

맞는 말이다. 쥐새끼도 궁지에 몰리면 사람을 무는 법. 정명진과 사도고엽의 전략은 삼도천과 광명왕원의 퇴로를 적당히 열어준 상태에서 최대의 타격을 입히자는 것이었다.

배수의 진을 친 적과 살길이 보이는 적은 마음가짐부터 다를 테고, 떨어져 나오는 잔챙이들을 몰아치며 압박을 가한다면 사도세가로는 최소의 피해로 최대의 성과를 거둘 수 있을 테니.

그렇지만 초강을 잡으려 든다면 얘기가 달라진다. 이건 전면전을 의미하기 때문에 추격하는 쪽이나 지키려는 쪽 모두 결사적으로 임하게 될 것이니까.

"군자의 복수는 십 년이라 했어요. 저 역시 분하지만 이번 싸움은 우리의 것이 아니에요."

이번 싸움은 우리 것이 아니다.

그래, 알고 있다. 무슨 말로 꾸며도 이번 싸움은 사도세가가 주체일 수밖에 없고 운예소들은 어디까지나 들러리라는 걸. 들러리의 사감 때문에 전체를 흔들어서는 안 된다는 걸.

하지만……

정명진을 쏘아보던 운예소가 피식 웃었다.

"반평생도 보내지 못한 인생에 참으로 많은 후회를 간직하고 있어."

"예?"

"말, 행동, 그것을 실행으로 옮기게 했던 생각, 상념, 수많은 고민 속에서 결국 악수를 두는 경우가 너무도 많았었지……."

운예소의 표정은 허탈함을 넘어선 무엇이 있었기에 정명진은 침을 꿀꺽 삼켰다.

"뭐, 후회를 반복하는 것이 인생이라고들 하지. 근데 그거 알아?"

"예?"

"이제 난 후회라는 걸 할 수가 없는 몸이거든."

우스꽝스럽게 양팔을 벌린 운예소가 정명진의 머리를 마구 쓰다듬고 빙글 몸을 돌렸다.

"그녀를 보낸 것으로 평생의 후회를 써버렸으니까."

무거운 한마디를 남겨놓고 저벅저벅 걸음을 옮기는 운예소를 멀거니 쳐다보던 정명진이 두 손을 입에 가져다 대고 버럭 소리를 질렀다.

"이런 고집불통! 마음대로 해요!"

칭찬으로 받아들인 걸까.

주먹 쥔 손을 불끈 치켜 올린 운예소가 어둠 속으로 모습을

감추자 잠시 숨을 고른 정명진이 방금 전보다 훨씬 큰 목소리
로 다시 한 번 외쳤다.

"그, 그럼 제 몫도 받아와야 해요!! 잊지 말라고요!!"

물론이지. 그런데 추상,

당신은 너무도 많은 그리움을 남겨두었구나…….

*　　　*　　　*

"빨리빨리 움직이란 말이다!"

이게 웬 떡이냐, 싶은 심정으로 퇴각을 하며 초강이 신경질
적으로 채근을 하자 삼도천의 무인들은 복잡한 얼굴이 되어
걸음을 옮겼다.

비록 소속이 다르다고 하지만 같은 집단에 몸담고 있는 처
지. 광명왕원을 재물로 자신들의 안위를 챙긴다는 죄책감이
그들의 마음을 어둡게 하는 것이었다.

하나 수장의 마음은 그들과 다른 모양인지 한 점의 거리낌
없는 태도로 발길을 재촉하고 있었다.

"힘을 합치면 비록 어렵겠으나 퇴로 정도는 뚫을 수 있을
텐데……."

"그 어려움을 무엇 하러 자초한다는 건가? 멍청한 소릴랑
집어치우고 어서 움직이란 말이다!"

산수탄주 이화평의 건의를 묵살해 버린 초강이 바드득 이를 갈았다.

"내 오늘은 물러난다만 곧……."

이때 엄청난 함성과 함께 그들의 앞으로 무수한 인영이 떨어져 내렸다.

"줄행랑을 놓기에 급하다 보니 우리를 잊었군?"

"네, 네놈은 사도천악?!"

"맞아. 쥐새끼의 꼬랑지를 잘라 버릴 이름이기도 하지."

어떻게 사도천악이 삼도천의 배후를 막을 수 있었을까.

그건 간단하다. 광명왕원과 교전 중이던 사도천악과 사도세가의 젊은 무인들은 천강이십팔위와 원로전의 개입과 함께 은근슬쩍 교체를 한 것이었다.

그렇게 물러난 그들은 혼전을 틈타 미리 열어두기로 한 삼도천의 퇴로를 막고 있었고 원로전의 흔들기로 정신이 없었던 초강과 그의 수하들은 사도천악을 시야에서 놓쳤던 거다.

적절한 힘의 분산이란 바로 이런 경우가 아닐까.

사도천악의 당당한 모습에 잠시 움츠러들었던 초강이 주위를 둘러보고 곧 키득거렸다.

"좋아, 좋아. 계책 하나는 높게 사주도록 하지. 그런데 말이야… 너희들로 우리를 상대할 수 있을까?"

"우리로 부족하다?"

사도천악이 양팔을 벌렸지만 초강의 조소는 사그라지지

않았다.

"부족하지. 아주 많이 부족해."

사도세가와의 싸움에서 삼도천의 고수들은 본 실력을 전혀 발휘하지 않은 상태였다. 사도천악과 사도세가의 젊은 무인들이 비록 사기 드높다 하나 본 실력으로 맞붙는다면 삼도천의 힘을 당하기 어려울 터.

초강의 자신만만한 얼굴에 고개를 갸웃거리던 사도천악이 곧 굴강한 턱에 주름을 새겼다.

"그렇게 얘기하니 무서워지는군 그래."

무서워도 이미 늦었다고 한껏 비웃어주려는 초강이었는데 사도천악의 다음 말은 그의 가슴을 덜컥 내려앉게 하기에 충분했다.

"보타용봉 소형제들, 이 쥐새끼가 여러분을 청하는 듯하오."

'보타용봉?!'

또 잊고 있었다. 대산부군과 흑암천녀를 막아섰던 보타용봉을. 비록 절정의 무인은 아니지만 대세에 충분히 영향을 미칠 위력을 가진 두 남녀인데.

"처음부터 저 작자의 상판이 마음에 들지 않았다니깐."

"강호에 출도한 지 얼마나 지났다고 누나는 벌써 입이 그렇게 걸어지는 거야?"

투덜거리며 이청청이 나타나자 못마땅한 얼굴로 이성룡이

그녀를 탓하며 뒤따랐다.

썩은 감 베어 문 얼굴로 이들의 등장을 바라보던 초강이 애써 태연하게 어깨를 들썩였다.

"그래, 대단하다는 원군이 고작 저 두 명의 꼬마를 말한 건가?"

"꼬마?! 지금 꼬마라고 했냐?!"

바락바락 소리를 지르며 이청청이 뛰쳐나가려 하자 급급히 그녀의 어깨를 잡으며 이성룡이 한숨을 지었다.

"그런 말에 방방 뛰니까 꼬마라고 하는 거잖아."

"놔, 안 놔? 내 오늘 저 쥐새끼를!"

둘의 옥신거림에 난처한 얼굴로 고소를 금치 못하던 사도천악이 천천히 눈을 돌려 초강을 바라보았다.

"어떻소, 이 정도로 부족하오?"

"삼도천과 이 초강을 너무 우습게본 모양이로구나. 저런 꼬마 둘로 판세를 바꿀 수 있다 생각했다니."

꼬마 둘.

말은 그리했으나 초강의 속은 매우 불편했다. 그의 말마따나 보타용봉이 검증받지 못한 신예임은 틀림없으나 지금과 같이 급박한 전황에서 변수로 작용하기에는 부족함이 없었으니까.

무엇보다 전의.

퇴로를 걷는 입장에서 계속되는 상대방의 충원은 그나마

남아 있는 삼도천의 사기를 꺾기에 충분한 일이다. 비록 단 두 사람의 외부인이라도.

이때 그들의 뒤에서 다급한 발소리가 울려 퍼졌다.

"음?"

반사적으로 사도천악이 고개를 돌리는데 애써 담담하던 초강의 얼굴에 화색이 돌았다.

"무턱대고 쫓기에 급하다 보니 저들을 잊었나 보군?"

'이런!'

퇴각에서 뒤처졌던 태양 문양의 무인들, 즉 광명왕원의 고수들이다. 아무리 도망가는 처지라지만 이들과 삼도천이 뭉친다면 두 무리를 흩어놓았던 계책이 물거품으로 변할 판이다.

'그대로 판을 벌였어야 했는데.'

하지만 동요할 수는 없다. 그가 흔들린다면 자신을 우상처럼 따르는 세가의 젊은 무인들 역시 중심을 잃을 것이고 그렇게 된다면 상황은 걷잡기 어렵게 흐를 테니.

입술을 꾹 다문 사도천악이 칼을 치켜들며 전의를 다지려다 문득 고개를 갸웃거렸다.

열심히 달려오는 태양 문양의 무인들, 그들의 얼굴은…….

"사, 살려줘!"

"흐이익!"

흡사 귀신이라도 만난 사람들처럼 하얗게 질린 안색으로 걸음아 날 살려라, 하고 쫓기는 형편 아닌가.

대열 또한 엉망. 아무리 퇴각을 한다지만 명색이 무인 단체인데 나름의 규율과 질서를 갖춘 후퇴가 아니라 이건 완전히 꽁무니를 뺀 농민 군대가 따로 없었다.

그런 와중에도 소요를 진정시키려는 노력은 있었으니.

"놀라지 마라! 진정하란 말이다!"

하지만 놀란 소에게 경을 읽어봐야 무엇 할까.

우당탕 쿵 탕!

와르르!

신법? 그런 거 없다. 달음박질치다 제풀에 다리가 꼬여 앞으로 고꾸라지면 그 힘을 이기지 못하고 연쇄적으로 넘어지기도 하고, 넘어진 상태에서 엉금엉금 기어가다 자지러지기도 하고…….

"저, 저!"

이 유치찬란한 작태에 초강이 부르르 몸을 떠는데 사도천악의 관심은 따로 있었으니.

'아무리 사기가 꺾였다 하나 이들 역시 긍지를 가진 무인들이다. 무엇이 있어 이들의 기세를 집어삼켰다는 건가?'

그렇게 달려나오던 광명왕원의 무인들이 사도천악과 젊은 무인들을 보고 발을 딱 멈췄다.

"제, 제기랄!"

"빌어먹을!"

어깨를 들썩이며 숨을 고르는 일방 후미를 연신 힐끗거리며 이를 가는 광명왕원의 인물들 가운데 침착함을 잃지 않고 있던 인물, 광명왕원주 좌초걸이 버럭 소리를 질렀다.

"그렇게도 목숨이 아깝더냐! 이것이 염마왕을 모시고 무림을 계도하겠다던 광명왕원의 모습이었단 말이냐!"

우웅—

쩌렁쩌렁한 그의 외침에 놀란 토끼마냥 안절부절못하던 광명왕원의 인물들의 동요도 진정되는 듯했다.

그러나…….

"여기까지인가?"

시리도록 차가운 음성 하나가 후미에 덜렁 걸리자 광명왕원의 인물들이 화들짝 놀라 뒤를 돌아보았다.

"그렇게 내뺀 곳이 겨우 여기냔 말이야."

어슬렁어슬렁 걸어오는 인물. 입에 맺힌 선은 미소가 분명한데 비틀림이 예사롭지 않았다.

"운… 예소……."

초강이 씹어뱉듯 말을 토하고 사도천악이 반색을 하며 그에게 다가서려다 우뚝 걸음을 멈추었다.

지금의 운예소는 그가 알던 사람이 아니었으니까.

"못난 놈들!"

고양이에게 쫓겨 구멍을 찾는 얼굴이 되어버린 수하들을 바라보다 결연한 얼굴로 좌초걸이 한발 나섰다.

"좋다. 악귀처럼 우리를 추종한 이유는 모르겠으나 이 좌초걸이 상대해 주마!"

촤앙!

칼을 빼 든 좌초걸이 이를 부드득 갈며 전의를 불태웠지만 운예소의 시선은 전혀 다른 곳에 머물러 있었으니.

"당신에겐 볼일 없어."

좌초걸을 슥 지나친 그가 초강에게로 털레털레 향하기 시작했다.

"여기가 한계였다니. 허무하지 않은가, 초강?"

"이… 놈……!"

그제야 광명왕원의 인물들은 알 수 있었다. 사신과도 같은 기세로 운예소가 쫓은 대상은 자신들이 아니라는 사실을. 자신들은 그저 운예소가 지나가는 길에 걸림돌이었다는 것을.

운예소의 목표는 오직 초강이었다는 걸 말이다.

"가소로운 놈……."

광명왕원이나 기타의 이들은 안중에도 두지 않았다는 운예소의 일견 당당한, 또는 오만한 태도에 초강이 얼굴을 구기다 주위를 둘러보았다.

기세가 죽었지만 어쨌든 삼도천과 광명왕원의 잔존인원이라면 사도세가의 인물들과 보타용봉의 저지선을 뚫기엔 충분하다.

적의 추가만 없다면.

생각을 굴리자 그가 좌초걸에게 눈짓을 보냈다.

'함께 치고 나가는 거다!'

그러나 좌초걸은 요지부동, 꼼짝도 하지 않고 가만히 초강을 바라보다 사도천악에게 입을 열었다.

"계속 싸우겠소?"

"패장의 질문치고는 너무 뻣뻣하군."

사도천악의 날 서린 대꾸에 침을 꿀꺽 삼킨 좌초걸이 다시 물었다.

"좋소이다. 퇴로의 안전을 보장해 준다면 이대로 물러서고 싶소만?"

에둘렀지만 패배를 인정하는 것.

서늘한 눈으로 좌초걸과 광명왕원의 인물들을 바라보던 사도천악이 팔짱을 끼고 운예소에게 시선을 던졌다.

"어떻게 생각하시오, 운 형?"

초강에게서 시선을 떼지 않은 채로 입술만 움직여 운예소가 대답했다, 마치 바람에 속삭이듯.

"타협이란 말이지, 타협이라…….."

그렇게 중얼거리던 그가 눈을 반짝 빛냈다.

"뭐, 상관없지 않을까. 이들 역시 사도세가의 저력을 만끽했을 테고, 소문은 바람과도 같이 퍼질 테니."

천추산맥으로 추정되는 정체불명의 세력 역시 이번 싸움의 결과를 승복할 것이고, 척석평의 승전보는 스물둘 젊은 영혼과 사도세가의 권위를 대신하기엔 미흡하지만 차선책으로 충분하지 않겠냐는 의미.

여기서 한발 더 나간다면 난전을 피할 수 없고 궁지에 몰린 쥐는 고양이에게 이빨을 드러내게 마련이다. 당연히 사상자는 늘어날 터이니 이쯤에서 보내주자는 것이다.

명분과 실리를 모두 챙기는 결정이니 사도천악의 입장에서 마다할 필요가 없는데.

"대신."

초강을 똑바로 바라보던 운예소가 철척을 꺼내 그를 겨누었다.

"이자는 남아야겠지. 아니면……."

턱을 살짝 쳐든 운예소가 단호하게 말을 맺었다.

"타협은 없어!"

"이런 미친놈!"

소리를 지르며 초강이 나섰으나 알 수 없는 기운에 그가 주위를 둘러보았다.

차갑디차가운 광명왕원 무인들의 눈빛.

그리고…….

"받아들이겠소."

좌초걸의 간단한 응대.

"좌초걸! 네놈이 그러고도 염마님께 성할 성싶으냐!"

"염마? 지금 염마님을 입에 올린 것이오?"

배신감에 몸을 떠는 초강을 응시하며 좌초걸이 냉소를 지었다.

“연합작전을 빙자하여 우리를 사지로 몰아넣고 나 몰라라, 뒤에서 팔짱을 끼고 있던 당신이 어찌 염마님의 이름을 빌어 우리를 핍박하려 하는가!”

“으, 으윽……”

지은 죄가 있는지라 버벅이는 초강을 냉엄하게 쏘아보던 좌초걸이 사도천악에게 짧은 포권을 취하고 몸을 돌렸다.

“그럼.”

천천히 좌초걸이 몸을 돌리자 광명왕원의 인물들도 안도의 한숨을 내쉬었다.

명분이 없는 싸움은 그런 것이다. 소수의 지배층이 가진 권위와 힘으로 다수의 수하들을 움직이지만 다치고 멍드는 편은 결국 피지배층이기에 지배층의 권위와 힘이 약해지면 모래알처럼 흩어지게 마련이다.

‘감히……!’

그런 그들을 허탈하게 바라보던 초강이 아랫니를 움직여 윗입술을 잘근잘근 깨물었다.

‘이렇게 된 바에야!’

상황은 어차피 최악. 막판에 몰렸으니 뭔들 못할까.

기괴하게 눈알을 굴리던 그가 광명왕원의 인물들이 채 자리를 뜨기 전에 산수탄주 이화평을 바라보고 눈짓을 했다.

“배신자들을 처단한다!”

파바박!

그의 외침에 삼도천의 인물들이 상의를 벗으며 광명왕원의 인물들과 어울리기 시작했는데…….

"음?"

"이런!"

상의를 벗은 삼도천의 인물들. 그들 모두 광명왕원의 복장, 즉 태양의 문양을 속에 입고 있지 않은가.

"지금 뭐 하자는 거요!"

서걱!

미처 방비하지 못하고 급급히 칼을 빼어 드는 광명왕원의 고수들이 하나둘 쓰러지고 광명왕원주 좌초걸이 발작적으로 외쳤으나 돌아오는 건 차가운 칼날이었다.

"모여라! 광명왕원은 내 주위로 모여라!"

편을 가르기 위해 좌초걸이 노력했지만 이미 어우러진 판국이라 그마저도 쉽지 않았고 사도세가나 운예소의 눈엔 광명왕원의 사람들이 늘어난 것으로 보일 뿐이었다.

"어찌해야겠소?"

칼을 빼 든 사도천악이 운예소에게 물었다.

"훗."

이 황당하기까지 한 상황에 운예소가 짧게 조소 짓고는 철척을 빙글빙글 돌렸다.

"어차피 상관은 없지. 적어도 초강의 얼굴은 기억하고 있으니."

팍!

몸을 띄운 그가 초강에게로 달려들자 몇몇의 무인들이 막아섰다.

"죽고 싶지 않으면 비켜."

시린 운예소의 말에도 그들은 물러서지 않았다. 아니, 전력으로 부딪쳐 왔기에 운예소로도 좌시할 수준이 아니었다.

'운 형……'

왜 모를까, 운예소가 집착하는 이유를.

어찌 이해하지 못할까, 운예소를 태우고 있는 분노를.

이대로 발을 뺀다면 사도세가는 명분과 실리 모두를 챙길 것이다. 그러나 최초의 흉수를 놓치는 것은 물론, 친우의 아픔도 함께하지 못하는 비겁자로 평생을 살아야 할 것이다.

"저들을 보내야만 할까……."

힘없이 뇌까리는 사도천악의 옆으로 이성룡이 다가왔다.

"그렇다면 저라도 은인과 함께하겠어요!"

그리고 이청청의 짤랑짤랑한 한마디가 덧붙었다.

"귀찮네, 정말!"

그렇구나. 이 어린아이들도 의를 아는데 자신은 명분과 실리에 벌써 눈을 떠버렸구나.

침울한 사도천악을 바라보던 젊은 무인들이 칼을 높이 들었다.

"불의는 자르고 의는 세우라!"


**불의는 자르고 의는 세우라[不義之斬 立志義當]**…….


그래, 우리 사도세가의 가훈이지.

하나 다음번 가주로 내정된 위인조차 멀게 느꼈던 여덟 개의 글자를 약관의 청년들이 새기고 있었구나. 말로써가 아니라 가슴속에서부터.

고맙다, 정말 고마워.

깊게 숨을 들이켠 사도천악이 젊은 무인들에 호응하여 칼을 높이 치켜 올렸다.

"불의는 자르고 의는 세우라!"

사도천악의 외침에 사도세가의 무인들이 그들과 상대하기 시작하자 전황은 그야말로 난장판이 되어버렸다. 누가 누구인지 알 수도 없고 이쪽저쪽에서 칼날이 넘실거리니 애초의 협정은 말장난으로 돌아갔고 광명왕원과 광명왕원이 아닌 이들을 솎아낼 방법도 없으니 완전한 전면전이 되어버린 것이다.

"모조리 쓸어버리자!"

"염마께서 이 사실을 알면… 커헉!"

자신들끼리 칼을 겨누고, 사도세가와도 칼을 섞고.

'이렇게 된 이상 확실히 제압할 수밖에!'

결심을 굳힌 사도천악이 당황한 좌초걸에게 외쳤다.

"수단과 방법을 가리지 말고 도망치도록 하시오! 칼을 겨누는 이들은 모조리 베어버릴 테니!"

좌초걸 역시 고개를 끄덕였지만 짚단처럼 베여 나가는 수하들을 뒤로하고 발을 뺄 수도 없어서 오도 가도 못하는 형국이었다.

그러나 운예소에게 이 모든 난전은 그저 어지러운 선들의 변주곡이었을 뿐. 그는 그저 자신을 둘러싸고 있는 잡스러운 선들을 하나하나 거두어들였다.

"비키라 했다."

슉―

뻐억!

초강을 지키기 위해 무인들이 몸을 날려보았지만 철척이 한번 움직일 때마다 여지없이 그들은 나가떨어졌다.

"운 형, 여기는 내가 맡겠소!"

둥실 몸을 날린 사도천악이 운예소의 앞쪽으로 떨어지며 손짓하자 운예소가 굳게 고개를 끄덕였다.

"그럼."

운예소가 비조처럼 허공으로 솟구치자 달려드는 무인들을 상대하며 사도천악이 크게 검을 휘둘렀다.

쿠웅!

매서운 강풍과 함께 그의 주위로 거대한 기류가 흐르고 태

양의 무인들이 급급히 물러서자 칼을 든 그대로 사도천악이
사자처럼 으르렁거렸다.

"이것이 사도세가의 검이다!"

그야말로 만부막적. 사도천악의 기세를 타넘을 이는 적어
도 이 공간에서는 없어 보였다.

第四章
사슬의 후예들

“쓸모없는 것들!”

대난전의 주역이자 이번 싸움의 원흉, 초강이 풀숲으로 몸을 날리며 종알거렸다.

이때…….

“너만은 남아야 한다고 했잖아.”

스산한 속삭임과 함께 운예소가 뚝 떨어져 내렸다.

“우, 운예소!”

주춤 물러선 초강이 목울대가 크게 출렁일 정도로 침을 삼켰다. 그렇지만 운예소의 얼굴은 밀랍처럼 딱딱하게 굳어 있어서 무슨 생각을 하는지 알 길이 없었다.

"네놈이 이토록 광분하는 이유가 무엇이더냐! 운남청천과의 우정 때문이냐!"

대저 공포감이란 원인이 드러나지 않을수록 심도있게 다가오는 법이다. 초강의 울부짖음과도 같은 물음에도 운예소는 그저 살소만 베어 물고 있었고 그것은 어떤 대답보다 효과적인 압박이었다.

"아, 아니면 정의감이냐! 흐흐… 정의니, 우정이니, 그따위 알량한 감정으로 이러는 것이라면 너는 정말로 멍청한 놈인 거다!"

금방이라도 발작을 할 것 같던 초강이 문득 고개를 갸웃거렸다.

"혹시 빙모절창 때문이냐?"

저벅.

그때까지 미동도 없던 운예소가 한 발 다가섰다.

주춤.

맞추어 한 발 물러서며 초강이 계속해서 고개를 갸웃거렸다.

"뭐야? 그런 거냐? 빙모절창 때문이란 말이야?"

저벅.

다시 한 발 다가서는 운예소의 살소가 더욱 또렷해졌다.

주춤.

똑같이 물러서는 초강의 이마에 내천[川] 자가 깊이 파였다.

"너희들이 알게 된 건 무한에서 천하여걸전이 열릴 때였으니 고작 육 개월 남짓이거늘 그렇게 속정이 들었단 말이냐?"

척.

걸음을 멈춘 운예소가 자신에게 시선을 고정시키자 초강도 물러서기를 그만두고 애써 침착하게 입을 열었다.

"젊은 날의 감정은 쉽게 타오르고 쉽게 식게 마련……."

"개소릴랑 집어치우고."

차가운 어조로 초강의 말을 끊은 운예소가 턱을 밑으로 숙였다.

"왜 꼬마 가주를 노렸나?"

순간 움츠러들었던 초강의 얼굴에 형용하기 어려운 빛이 흐르기 시작했다.

"왜 이 시점에서 노렸느냔 말이야. 네 말마따나 무한에서도 얼마든지 기회가 있었을 텐데."

"흐음……."

완연하게 신색을 되찾은 초강이 턱을 쓰다듬다 고개를 끄덕였다.

"그렇지. 그래, 무한에서라… 하면 나도 하나만 묻자. 네놈은 무슨 이유로 그 꼬마와 함께 다니는 것이냐? 그 꼬마가 누군지나 알면서 다니는 것이냐?"

분명 질문이었으나 초강의 물음 속엔 천추산맥에서 정명

진의 정체에 대해 알고 있다는 의미를 내포하는 것이었다. 하지만 운예소는 대답없이 그저 초강을 바라보았다.

물끄러미.

다시 한 번 말하지만 공포감이란 원인이 드러나지 않을수록 심도있게 다가오는 법이다. 그리고 운예소의 이런 태도는 긍정도, 그렇다고 부정도 아니었으니 질문을 던진 쪽으로서 참으로 답답할 노릇이었다.

잠시 운예소를 바라보던 초강이 할 수 없다는 듯 양팔을 벌렸다.

두려워서 도망쳤던 것은 아니다. 무서워서 피했던 것도 아니었다. 힘으로 한다면 운예소가 아니라 천하에 이름 높은 무적검제라도 자신이 있는 그였다.

단지 시기가 아니라고 생각했을 뿐이나 정 이렇게 나온다면 그도 생각을 달리해야 할 터.

"어처구니없군. 이런 질문 따윈 무의미한 것을."

일변한 초강의 기도에 운예소가 눈썹을 세웠다. 그러나 초강은 완연히 평정심을 되찾고 자신만만한 눈길로 운예소를 슥 훑어보며 희미한 미소를 지었다.

"그래, 상관없겠지. 꼬마 놈의 정체가 무엇인지, 같이 다니는 이유가 무엇인지."

비릿한 미소는 뚜렷한 색조를 띠기 시작했으나 초강은 계속해서 말을 이었다.

"무한에서도 기회가 있었지 않느냐고 물었나? 그래, 맞아. 얼마든지 있었지. 그런데 무한에서 나의 역할은 그게 아니었거든. 예정대로였다면 꼬마는……."

이때 운예소가 빠르게 받아쳤다.

"하루의 오차."

"뭐?"

얼어붙은 미소. 누구라도 속내를 간파당한다면 유쾌할 리가 없다. 하물며 우월적인 위치에 있다고 생각했다면.

초강의 굳어지는 얼굴을 음미하며 운예소가 느긋하게 설명했다.

"예정대로라면 꼬마살수가 하루 전에 무한, 즉 우리가 머무는 숙소, 또는 객잔에 들이닥쳐 첨살각의 위기를 장황하게 늘어놨어야 했지. 그에 분기탱천한 우리는 어떤 의심도 없이 부리나케 현장으로 달려갔어야 했고. 물론 그 자리엔 네가 있어야 했겠지."

"으, 으음……."

눈에 띄게 동요하는 초강에게 불쑥 고개를 내민 운예소가 엄숙하게 마지막을 덧붙였다.

"그녀가 그랬던 것처럼."

"푸, 후후후후……."

무언가를 참는 듯 입을 오그리던 초강의 입을 비집고 결국 웃음이 터져 나왔다.

"우하하하, 대단해, 대단해! 정말로 대단하지 않은가! 완전히 한 방 먹어버렸어!"

앙천광소가 무엇인지 보여주려는 듯 미친 사람처럼 낄낄거리던 초강이 곧 웃음을 뚝 그치고 안타까워 죽겠다는 얼굴이 되어 운예소를 바라보았다.

"명석한 두뇌에 예리한 판단력, 거기다 발군의 무공까지. 너 정도라면 천하에서도 몇 꼽기 어려운 인재임이 틀림없다. 그런 네가 무엇을 바라고 저 꼬마를 돕는단 말이냐? 꼬마 가주, 꼬마 가주, 하는 걸 보니 그 꼬마가 천하제일가의 피붙이라는 걸 아는 모양인데 그 아이가 나중에 한자리 준다고 했던가?"

역시 이자들은 정명진이 천하제일가의 가주라는 사실을 알고 있다.

머리는 복잡했지만 운예소의 표정은 납덩이라도 씌워놓은 것처럼 변화가 없었다. 그런 그를 탐색하듯 물끄러미 바라보던 초강이 넌지시 중얼거렸다.

"계획적인 접근이었지만 기본적으로 네게는 알 수 없는 친근감이 들었었다. 지금이라도 천하제일가에 관한 일에서 손을 떼겠다고 약속한다면 천추산맥에서 너를 쫓는 일은 없을 것이다. 그리고 빙모절창에 관해서는 나도 안타깝게 생각한다. 그녀를 보노라면 어쩐지……."

잠시 뭔가를 회상하던 초강의 얼굴에 처음으로 인간적인

어떤 표정이 떠올랐지만 운예소의 입장에서는 이 모든 태도가 가식적으로만 보였다.

아니, 가식적이든 뭐든 이미 그녀는 돌아올 수 없는 곳으로 떠났다. 안타깝든 이해하기 어려운 표정을 짓든 모두가 공염불에 불과하다는 거다.

그러나 초강은 계속해서 무한의 일을 반추했다. 그렇지만 은연중에 운예소의 표정을 면밀히 살피고 있었으니 예상치 못했던 피해자에 대한 소회만은 아닐 성싶었다.

"첨살각에서 일을 매듭지었다면 이런 일도 없었을 텐데. 바보 같은 어린 살수 하나 때문에 모든 일을 그르쳤거든."

이에 화답하듯 운예소 역시 태연하게 대답했다.

"맞아, 그래서 꼬마 가주는 아주 편안하게 두 번째의 힘을 흡수할 수 있었지. 천추산맥의 바보짓 덕분에 말이야."

"분하지만 사실이지. 다 된 밥이었는데 아깝게 되었어."

묘한 신경전. 무언가를 들여다보려는 자와 무언가를 확인하려는 자의 심리 대결은 어떤 결과를 남기고 끝을 맺었다.

'과연… 내 생각이 맞았구나.'

초강의 반응으로 드러난 사실 때문에 운예소의 마음이 다급해졌다. 예측했던 추리는 그들의 입장으로 볼 때 매우 좋지 않은 가정에서 출발한 것이었기에 이런 모양새로나마 현실화됐다는 것은 세가의 처지가 더욱 어려워질 수 있다는 거다.

물론 이조차 몰랐다면 큰일이었겠지만.

"대충 얘기가 끝난 듯한데?"

운예소가 철척을 비껴들자 물끄러미 바라보던 초강이 한숨을 지었다.

"결국 끝장을 보자는 건가? 너나 그 여인이나 나로서는 이해할 수 없군. 목숨을 던질 만한 가치가 있던가, 그 꼬마가? 아니면 그 꼬마야말로 정의라고 생각하는 거야?"

"너 같은 자가 어찌 그녀의 숭고한 희생에 대해 감히 상상이나 할 수 있겠는가."

"음? 희생?"

"그래, 희생이라 했다."

운예소의 조소에 초강이 영문을 모르겠다는 듯 고개를 가웃거렸다.

"그게 무슨 말인지 모르겠군. 빙모절창이 꼬마의 사돈에 팔촌이라도 된다는 건가? 무엇 때문에 꼬마를 위해 희생을 해야 한다는 말이지? 목숨의 가치라는 건 감상으로 지불하기엔 너무도 무거운 것이다."

그녀에 대하여 뭘 안다고 저리 떠드는 걸까?

운예소가 초강을 뻔히 쳐다보다 나지막이 중얼거렸다.

"가치라, 가치… 좋은 말이지. 사백 년이란 세월 동안 타의에 의해 모든 것을 바치든, 보상도 없이 누대에 축적된 사명감 하나로 목숨까지 바쳤든, 그 사람이 품고 갔던 가치는 적어도 타인에 의해 함부로 재단되어서는 안 될 거야.”

순간 초강의 얼굴이 굳어졌다.

“지금… 무슨 말을 하는 거냐?”

“몰라도 돼.”

“사백 년이라고 했나? 사백 년 동안 타의에 의하여 모든 것을 바쳤다고 했나?”

“……?”

갑자기 왜 이럴까. 교활을 신조로 삼아 부지런히 눈을 굴리던 초강이었는데 사백 년이라는 단어 하나에 저런 표정이라니.

운예소의 의아한 눈길 따윈 아랑곳없이 멍한 얼굴로 입을 달싹거리던 초강이 신음처럼 몇 마디를 내뱉었다.

“서, 설마, 설마… 그녀가… 무상?”

쿵!

놀라 뒤로 한 걸음 물러서는 운예소였지만 이를 의식하지 못하고 중얼중얼 무언가를 되뇌던 초강이 고개를 들어 하늘을 바라보고는 탄식했다.

“허허… 이럴 수가… 이런 일이 있을 수가……. 아니, 아니, 그래서 그녀에게 그와 같은 느낌을 받았다는 건가…….”

사백 년 전, 문상과 무상이 흩어져 천하제일가를 수호한다는 건 완벽한 비밀이다. 이건 천하제일가의 원로들에게도 극비로 부쳐진 사안이란 말이다.

제아무리 천추산맥이라도 결코 알 수 없고, 알 방법이 없는 사안이다.

'가만?'

팔 년 전, 호북성 양양에 나타났다는 천하제일가의 인물!

그가 천하제일가주만이 아는 문구를 알고 있었다는 건 세가의 내부 사정에 정통한 자라는 말이고, 철저하게 숨어 있던 비합패를 찾아냈다는 건 세가의 비밀 조직에 대해 훤히 꿰고 있다는 거다.

그리고 반쯤 깨진 계란형의 영패. 양쪽을 갉아 먹은 사과의 형태는 아닐지라도 문, 무상이 아니라면 알 수도, 지닐 수도 없는 형태의 영패를 소지했다는 것은?

단 하나의 가정만이 이 모든 의문들을 풀어줄 터. 그리 생각하니 오늘 사도세가에서 초강이 보인 이상한 태도가 다시금 운예소의 마음을 짓누른다.

'처음부터 태양의 무인들과 초강의 무리들이 합공을 했더라면 사도세가가 쉽사리 주도권을 잡지는 못했을 것이다. 그렇지만 초강은 가주의 암살이 실패로 돌아가자 지극히 소극적으로 싸움에 일관했었지. 아니, 소극적인 정도가 아니라 마치 태양의 무인들이 몰살당하기라도 바라는 사람처럼 행동을 했다. 같은 목적으로 묶인 이들이라면 절대로 취하지 못할 태도였지.'

하지만, 하지만 초강이 그가 생각하는 신분이라면 도대체

왜 가주를 죽이려고 할까? 가주를 죽인다고 해서 무엇이 달라
진다고 이러는 걸까?

최악을 넘어서는 가정에 운예소가 저도 모르게 철척을 내
리는데 몸을 돌리며 초강이 무겁게 말했다.

"오늘은 더 피를 보고 싶지 않다. 그만 가도록 해라."

맞구나!

하지만 운예소로서는 확인을 하지 않을 도리가 없었다. 그
의 가정이 사실이라면 아버지의 실종, 즉 죽음과 초강이 어떤
식으로든 관련되었다는 것이니.

"팔 년 전, 호북성 양양에 나타나 비합패를 괴멸시킨 것과
도 관련이 있나?"

"그것까지 알고 있다니… 대체 너는 누구냐?"

초강이 어처구니없어했지만 운예소는 여전히 눈을 빛냈
다.

"하면… '선을 긋는 자'에 대해서도 알고 있겠군?"

"뭐?!"

깜짝 놀라는 초강에게 얼굴을 들이대며 운예소가 한자한
자 힘주어 내뱉었다.

"비합패의 괴멸을 막았던 중년인에 대해 모른다는 건 아니
겠지?"

"허……."

멀거니 운예소를 보던 초강의 눈이 침침해졌다.

　“정말로 많은 것을 알고 있구나. 하지만 선을 긋는 자에 대하여는 나도 아는 바가 없다. 그자에 대해서 형님께 몇 번 들었지만 직접 대면한 적은 없었으니.”

　“형님이라고?”

　아무리 많게 잡아도 초강의 나이는 이제 서른을 넘지 못했으니 팔 년 전 혈사의 주인공으로 보기엔 무리가 따랐는데 이제 이해가 간다.

　그렇다면 초강의 형이라는 자와 아버지는 어떻게 되었다는 건가.

　“피할 수 없다고 생각했는지 형님께서는 결국 그자와 만나기로 했다. 그리고 지금까지 소식이 없지.”

　“그렇게 되었던 것인가…….”

　아마도 아버지는 초강의 형이라는 자와 양패구상을 했을 가능성이 크다. 그렇기에 초강이 영패를 이었고, 형이라는 자의 신념을 이었을 것이다.

　색채는 모호하지만 적당히 전달되는 신념을.

　운예소들이 비합패와 생활했던 걸 알고 있었기에 초강은 별 의심 없이 질문에 대답했다. 말마따나 초강은 싸울 의사가 없어 보였고, 어쩐지 지쳐 보였으며, 무언가를 대단히 후회하는 눈치였다.

　“대답이 되었다면 이만 돌아가라. 피곤하구나.”

　“자기 멋대로 얘기하고 결론짓는군.”

운예소가 피식 웃었으나 초강의 얼굴은 어떤 소회에 젖어 애잔한 빛으로 일렁였다.

"어차피 정씨세가와는 양립할 수 없는 입장. 곧 만날 터이니 조바심을 느낄 필요는 없다. 다만 지금의 힘으로 천추산맥을 상대하려는 건 계란으로 바위를 치는 것과 같다. 네 개의 힘이 모조리 모인다면 모를까."

뭘까, 무엇이 있어 이 사내를 이리도 감상적으로 만들어 버린 걸까. 어쩌면, 어쩌면 이 사내도, 아니, 그의 형이라는 자도 사백 년의 세월 속에 희생을 강요당했던 피해자였을까.

그렇게 잉태되어 버린 기형아라는 걸까.

초강의 말을 듣던 운예소가 사라지려는 전의를 가까스로 불러일으켰다.

"됐으니 칼을 들어라. 이대로 너를 보낸다면 지하에서 그녀가 통곡을 할 거야. 무엇보다……."

운예소가 이를 갈며 한발 나섰다.

"내가 나를 영원히 용서하지 못할 거야."

"흠… 정 그래야만 하겠나?"

목을 삐딱하게 세운 초강이 툴툴 웃었다. 지독히 메마른 웃음이라서 공기까지도 쩍쩍 갈라지는 느낌이었기에 어쩐지 쓸쓸했지만 운예소는 물러설 수 없었다.

"더 이상의 말은 감정의 사치일 뿐. 이제 간다."

"그래… 원한다면 그렇게 하지."

얼굴에서 웃음을 지우고 초강이 어깨를 폈다.

이때…….

"이게 대체 무슨 일인가!"

슉슉슉—

커다란 외침과 함께 허공에서 수많은 인영들이 떨어지며 병장기 부딪치는 소리가 바빠졌다.

"과연, 염마. 손을 놓고 기다리지는 못하겠단 말인가!"

"염마?"

"그렇다. 승부는 미뤄야겠구나."

"뭐?!"

운예소가 발끈했으나 소리나는 쪽으로 고개를 돌린 초강이 빠르게 속삭였다.

"거느릴 수 있는 맥의 모든 인원을 대동하고 염마왕이 직접 온 모양이다. 비록 사도세가의 사기가 드높다 하나 이렇게 어우러진다면 쌍방 모두에게 득이 될 것 없으니 속히 퇴각하는 것이 좋을 거야."

뭐라고 대꾸하려는 운예소의 앞으로 부드러운 잠력이 날아들었고 되받아치려던 그가 생각을 달리하고 기운에 몸을 맡겨 풀숲으로 밀려나 버렸다.

"분명히 말하지만 나는 정씨세가와는 절대로 양립할 수 없는 입장이다. 하지만 모든 일에는 선후가 있는 법, 오늘은 이대로 관망하도록 해라."

운예소의 귓전으로 전음이 날아들고 초강의 앞으로는 붉은 장포의 사내가 위풍도 당당하게 나타났다.

"초강! 여기서 뭐 하고 있는 것인가?"

"아이고, 염마님! 이제 오셨습니까!"

느닷없이 돌변한 초강의 태도. 우수에 젖었던 회한도, 일대종사에 버금가는 기도도, 모조리 썰물처럼 빠져나가고 이 자리에 남은 건 교활하기 이를 데 없는 이전의 초강이었다.

그런 그를 답답해 죽겠다는 얼굴로 바라보던 사내가 버럭 소리를 질렀다.

"이런 한심한! 대체 이게 무슨 꼴인가? 이러자고 왕원과 삼도천의 모든 인원을 동원했단 말인가!"

"그, 그게… 생각보다 사도세가의 저력이 놀라웠습니다. 이들은 본모습을 감춘 잠룡이었다는 말이죠."

"에잇!"

발을 꽝 구른 사내가 또다시 입을 열려는데 종종걸음으로 그에게 다가선 초강이 부산하게 떠들었다.

"일단은 후퇴가 급선무입니다! 사도세가의 본진이 합류한다면 상황은 그리 좋을 것 같지는 않습니다!"

"후퇴라고! 지금 나더러 후퇴를 하라는 거야!"

"거기다… 정씨세가의 비밀 세력도 심상치 않습니다! 그들까지 들이닥친다면 필승은 보장하기 어렵습니다!"

이게 무슨 소리인가, 정씨세가의 비밀 세력이 어쩐다니?

자신도 모르는 말이기에 운예소가 입을 떡 벌렸지만 초강의 말이 이어졌다.

"그리고 오늘의 일이 커진다면 결국 강조무벽도 관심을 보일 것입니다! 만에 하나라도 그들과 강조무벽이 얽힌다면 결국 최악의 사태가 벌어질 겁니다!"

'여기서 강조무벽은 왜 나오며, 그들은 또 누구고, 최악은 또 뭐란 거지?'

어리둥절한 운예소였는데 초강의 목소리는 너무도 커서 과장을 넘어선 무엇을 담고 있었다.

"생각해 보십시오! 강조무벽과 꼬마 놈이 만난다면! 만약 그리된다면 사상……."

"쉿!"

급하게 말을 막은 사내가 입술을 지그시 다물고 생각하다 고개를 끄덕였다.

"알았다. 일단 후퇴하도록 하지."

사내가 둥실 몸을 띄우자 초강은 운예소가 숨어 있는 풀숲을 한번 돌아보고 뒤따라 몸을 날렸다.

"차라리 잘된 일일지도. 계획대로였다면 사슬은 끊어지지 않았을지도. 그녀가 많은 것을 가르쳐 줬구나. 그래, 한 번에 모두 처리하도록 하자, 한 번에……."

멀어지는 전음처럼 초강의 몸도 사라졌지만 그가 남긴 한

탄의 기류는 여전히 꿈틀거리고 있었기에 운예소는 아무런
말 없이 허공을 응시했다.

*　　　*　　　*

상관추상의 가묘(假墓)는 사도세가의 가주들만 묻힌다는
영전전(靈前展)에 마련되었다. 수많은 이들의 애도 속에서 그
녀의 몸을 담은 관이 땅에 묻혔고 하늘은 안개비로 모두의 눈
물을 가려주었다.

사람들이 내려가고 홀로 남은 운예소가 비석을 쓰다듬다
무릎을 꿇고 나지막이 속삭였다.

"추상……."

휘이잉~

서늘한 바람 한줄기가 운예소의 귓전을 간질이며 잠시 머
물다 사라졌다.

"와준 거야, 추상?"

수많은 미사여구로 석비를 치장하려던 사도세가의 말을
듣지 않았다. 상관추상은 복잡하고 요란하게 자신이 기억되
길 바라지 않을 테니.

박꽃 같은, 그러나 해바라기로 거듭나길 바랐던 여인.


**빙모절창 상관추상지묘**(氷眸絶唱 上官秋霜之墓).

그녀에게 가장 어울릴 거라 여긴 문구. 다른 말을 써넣고 싶었지만 아직은 때가 아니라 생각했기에, 아직은 그런 말을 새길 자격이 없다고 생각했기에.

"나중에……."

잠시 숨을 고른 운예소가 무겁게 입을 열었다.

"나중에 스스로 당당해지면 그때……."

어금니를 꽉 물고 석비를 부여잡은 그가 눈을 부릅뜨고 말을 토했다.

"그때 청혼할 거야."

벌떡!

자리를 박차고 일어선 운예소가 몸을 빠르게 틀었다. 이대로 머물고 싶었지만 아직 해야 할 일이 있고, 그 일을 마무리 지어야만 그녀에게 당당할 테니.

다시 온다는 소리도, 다시 오겠다는 약속도 없이 그렇게 몸을 돌린 운예소가 영전전을 벗어나는데 따사로운 오후의 햇살 사이로 아지랑이 하나가 뭉클 피어올라 그의 발을 잡았다.

**활활 타오르세요, 예소!**

＊　　　＊　　　＊

승리일까. 사도세가는 축제 분위기에 휩싸였으나 뒷맛이 개운치 않은 싸움이었기에 이를 지켜보는 운예소의 마음은 그리 편치 않았다.

복잡하다. 너무도 혼란스러워 뭐가 어떻게 돌아가는지 알 수가 없다.

"상관 누님은 이해해 주실 거예요."

"음? 음……."

초강을 놓친 것에 관한 이야기인가 보다. 여전히 어른스러운 정명진이었으나 가늘게 떨리는 목소리만은 어찌하지 못했기에 그의 어깨를 살짝 안아주며 운예소가 애써 웃었다.

"그렇기를 바라야겠지."

"예… 그러니까… 그러니까, 힘내시고요……."

위로라니. 이 어린아이가 자신을 위로하려 한다. 상관추상의 죽음이 자신 때문이라는 죄책감을 짊어지고 말이다.

가슴속에서부터 치밀어 오르는 탄식을 겨우 눌러 참고 운예소가 서서히 불타오르는 서쪽의 하늘가로 시선을 던졌다. 그곳에는 저녁노을이 끔찍한 살육을 지우려는 듯 곱게 피어나고 있었다.

"가주."

"예?"

천천히 무릎을 꿇은 운예소가 정명진의 팔을 잡고 나지막이 입을 열었다.

"이제부터는 우리뿐이야. 알고 있지?"

"예."

"누구의 도움도 그 누구의 손길도 기대해서는 안 돼."

"알고 있어요."

야무진 정명진의 대답에 다시 한 번 숨이 막혀왔지만 운예소는 그저 처연하게 웃었다.

어떻게 이야기를 꺼내야 할까, 이 착한 아이에게. 그를 노린 이가 다름 아닌 문상일지도 모른다고. 사백 년의 맹약을 지켜왔을 거라 믿어 의심치 않던 사람일지도 모른다고 말이다.

"하아… 그러니까 누구의 도움도 기대해서는 안 된다는 거야, 절대로 말이지."

같은 말을 반복하는 운예소였기에 정명진이 조금 이상한 표정을 지었다.

"안다니까요?"

"아, 그게… 음, 그러니까, 이를테면 가주가 찾고 싶어하는 무상도 잊어야 해. 또한…….."

잠시 숨을 고른 운예소가 한숨처럼 한마디를 토했다.

"문상이라도 말이야."

"에이, 비합패 문제 때문에 그러시나 본데 뭔가 오해가 있을 거라고…….."

"잊으라면 잊어!!"

버럭 소리를 지른 운예소가 곧 실태를 깨닫고 살짝 힘을 주어 정명진을 안았다.

"잊어버리는 거야, 그냥 우리끼리 헤쳐 나가야 해. 알았지?"

"…예."

영문은 모르겠으나 운예소의 말은 너무도 확고했기에 일단은 승복했지만 뭔가 미련이 남았는지 슬슬 눈치를 살피다 정명진이 작은 목소리로 종알거렸다.

"그럼 남음대모 할머니나 북음대제 할아버지도 믿으면 안 되는 거예요?"

"아, 아니, 그분들이야 믿을 수 있지."

"그럼 기추랑 대협은요?"

"물론 그분도 믿을 수 있지."

"사도 공자님도 믿을 수 있지요?"

"그래, 그 친구도……."

점점 짙어지는 정명진의 미소와는 달리 운예소는 입맛만 연신 다셔야 했다.

"뭐예요, 그럼? 아직도 믿을 분들이 이렇게 많은데!"

"그, 그런가?"

어쩐지 멋쩍은 상황이 되어버려 눈을 돌리는 운예소의 옆으로 정명진이 철퍼덕 앉았다.

"헤헤헤……."

"뭐야, 그 바보 같은 웃음은?"

"그냥 좋아서요."

"뭐가 그리 좋아?"

"아직 믿을 분들이 저렇게나 많다는 게 좋아서요."

순진하기 이를 데 없는 정명진의 말에 얼른 대답하지 못하고 운예소가 땅바닥에 나뒹구는 작은 돌을 만지작거렸다.

언제부터인지 모르지만 사람과 세월에 부딪치다 보니 기본적으로 타인에 대한 믿음을 잊어버린 자신이 안쓰럽기도 했고, 아직까지 무언가를 믿으려는 정명진이 안쓰럽기도 했다.

옳은 게 무엇이고 잘못된 것이 무엇일까.

"다행이다… 믿을 분들이 아직 많아서."

잠시 정명진을 바라보다 무릎을 짚으며 일어선 운예소가 멍하니 하늘을 바라보았다. 그리운 이들의 얼굴이 뭉게구름과 함께 하나하나 떠올랐지만 아직 쉴 때가 아니기에 마음속에 피어나는 상념은 일단 접어둬야겠다고 생각하며.

"내일부터 바빠질 거야."

"예?"

"내일부터는 눈물지을 사이도, 괴로워할 사이도 없을 거라는 얘기지."

"음."

운예소를 올려보던 정명진이 주먹을 꾹 눌러 쥐고 자리에서 일어나 엉덩이를 팡팡 털었다. 마치 마음에 걸려 있는 찌꺼기들을 털어내듯.

"운 형, 운 형!"

적당히 취기가 오른 사도천악이 술병과 안주거리를 들고 헤매다 운예소들을 발견하고 손을 흔들었다.

"운 형, 운……."

기꺼운 마음으로 그들에게 다가서던 사도천악이었는데 정명진과 운예소의 옆얼굴에 드리운 붉은 노을, 그 노을에 비낀 의지의 색채를 발견하고 발걸음을 멈췄다.

결코 공유할 수 없는 둘만의 무엇. 그러나 폐쇄적이지도, 또한 음습하지도 않은 두 사람만의 교류였기에 머쓱하게 고개를 갸웃거리던 사도천악이 발길을 돌렸다.

'그렇게 또 한 걸음 밟고 올라서는구려, 운 형.'

껴들 수는 없지만 껴들지 않아도 충분히 푸근했기에 돌아서는 사도천악의 발걸음은 가벼웠다.

第五章
파국으로의 초대

조각이라고는 도저히 믿기지 않을 정도로 세밀하게 조각
된 야차와 나찰의 상들이 도처에 널려 있고 향불은 언제 피웠
는지 그 냄새조차 아득한 사찰.

수많은 나무들의 벽에 태양마저 빛을 잃어 암굴과도 같은
사찰을 둘러보며 취접이 코를 찡끗 올렸다.

'대체 여기 뭐야?'

단 한 번도 와본 적이 없거늘 무척이나 낯익은 이곳은 어디
란 말인가?

언젠가, 아주 오래전의 언젠가, 이곳에서 어떤 일이 떠오를
것만 같았지만 그려질 듯, 그려질 듯, 결코 실체화하지 않아

취접이 머리를 부여잡았다.

휘잉~

찬바람이 마치 칼날처럼 그녀의 콧등을 에이고 지나가자 입맛을 다신 취접이 털썩 자리에 주저앉았다.

"아, 몰라! 일단 먹고 보자!"

허리춤에서 둘둘 만 유지를 꺼낸 취접이 콧노래를 부르며 그것을 벗겨내자 다 식어빠진 오리구이가 모습을 드러냈다.

'우엑~'

돌았던 입맛마저 다 사라질 판이다. 그렇지만 하루 반나절을 꼬박 굶었더니 부처님이라도 옆에 있으면 잡아먹을 처지라 식어빠진 오리구이도 감사할 형편이었다.

"먹자, 먹고 죽자! 먹고 죽은 귀신이 때깔도 좋다더라!"

먹음직스럽게 한쪽 다리를 쭈욱 잡아 뜯은 취접이 잠시 뜸을 들이다 크게 한입 베어 물고는 우물거리며 품을 뒤져 책 한 권을 꺼내 들었다.

설명할 필요도 없이 운예소가 취로의 부탁을 받아 그녀에게 전해준 책.

"이걸 어떻게 설명하라는 거야."

책을 요리조리 흔들던 취접이 틈 사이에서 떨어진 전낭을 받아 들었다.

"황당해서 원⋯⋯."

결코 잊을 수 없는 취로의 전낭. 취접, 본인이 직접 사주었기에 꿈에서도 바로바로 기억할 수 있는 전낭. 그 안에는 이런 쪽지가 담겨 있었다.

나를 믿는다면 이걸 받은 즉시 몸을 피해.

그리고 아홉 달이 지나면 내가 그려준 약도로 찾아와 줘. 물론 나를 기다리면서 책을 읽어도 좋아. 하지만 그전에는 편안하게 시간을 보내주길 바란다.

명심해, 아홉 달이 되기 전에는 절대로 책을 펼치면 안 된다는 걸 말이야.

일견 황당한 전갈. 그렇지만 취접에게 취로는 단 하나뿐인 동료였고, 그의 간곡함이 물씬 묻어나는 당부였기에 바보처럼 보이지만 그대로 따랐던 것이다.

"어찌나 궁금했는지……."

킬킬거리던 취접이 곧 오리다리를 입에 박아 넣고 양손으로 책장을 넘기기 시작했다.

"그러니까… 여기도 아니고, 여기도 아니고……."

이전까지는 그저 일상적인 청부 내용들의 나열. 그렇게 한참을 넘기던 취접이 어느 한 지점을 찾아내고 눈을 빛냈다.

"아, 여기부터 시작이다!"

익숙하다 못해 지루하기까지 한 취로의 글씨. 그러나 내용은 너무나 낯선 것이었다.

모월 모일.

드디어 예견된 청부가 도착했다.

오지 말라고, 오지 말라고, 그렇게 속으로 빌고 또 빌었던 청부였거늘.

마침내 그자는 일을 벌였나 보다.


오리다리를 입에서 쑥 뺀 취접이 물끄러미 책장을 내려다보다 한숨을 쉬었다.

"이거, 괴상한 꼬마 찾아달라던 청부가 온 날이잖아."

그런데 어째서 취로는 예견된 청부라고 했을까? 그렇다면 취로는 이 청부가 오리라는 걸 알고 있었다는 건가? 그리고 오지 말라고 그렇게 빌었던 이유는?

입맛이 뚝 떨어졌는지 오리다리를 던져 버리고 대충 바지에 기름기를 문지른 취접이 다음 장을 펼쳤다.


모월 모일.

예상대로 강조무벽이 움직이기 시작했다. 강호에서 그 어떤 일이 벌어지더라도 태산처럼 버티던 곳이었는데 이번 일에 즉각적으로 반응을 보이다니.

아마 이곳도 안전치는 않을 것이다.

“이건 취로가 습격을 당했다고 하기 직전의 얘기 같고.”

중얼거리던 취접이 다음 장을 넘기자 그곳엔 알 수 없는 이야기가 적혀 있었다.


모월 모일.

그들이 취접을 공격했다.

물론 그는 의도한 바가 아니었다고 하지만 자칫 그녀를 잃을 뻔했다고 생각하니 가슴이 섬뜩했다. 나의 항의에 그는 얼마 지나지 않아 그곳을 정리할 거라고 했다.

그렇게만 된다면 우리도 음지에서 벗어날 수 있겠지.

있는 힘껏 살아남아, 취접!


읽을수록 오리무중이요, 점입가경이다. 취로는 자신이 습격당한 사실까지도 알고 있었다는 건데.

“거기다 나를 친 놈들과 아는 사이 정도가 아니라 아예 정보를 교환하고 있었다는 거잖아?”

취로, 만신창이의 몸으로 그녀가 깨어나서 처음 보았던 인물. 과거를 모조리 잃어버린 취접이었기에 취로의 눈물겨운 간호와 설득력있는 말들을 믿지 않을 도리가 없었다.

솔직히 아무런 기억도 없는데 어찌 그를 믿지 않을까.

그런데, 그런데…….

“취로, 넌 대체 누구야…….”

그리고 나는?

취접이 떨리는 손으로 다음 장을 넘겼다.


모월 모일.

며칠을 고민한 끝에 그들을 만나기로 했다. 그들의 동선은 워
낙 뻔해서 처음부터 주시해 왔던 나에게는 손바닥 보듯 손쉬운
경로였다.

다만 아직까지 그들에 대한 입장을 정리하지 못했다.

나에게, 그녀에게, 어떤 선택이 옳은 것일까?


"그들이 누구야? 또 그녀는 누구고?"

서서히 전달되는 불안감. 만약 그녀가 자신, 즉 취접을 애
기하는 것이라면 이번 청부는 처음부터 뭔가 깔려 있었다는
말이다. 그것이 좋은 방향이건, 나쁜 방향이건.

책을 잠시 덮은 취접이 지난 일을 반추하기 시작했다. 처음
꼬마에 대한 청부가 왔을 때 취로의 반응, 전에 없던 격정과
근심으로 자신을 바라보다 어쩔 수 없다는 듯 힘없이 그려내
던 미소.

"생각해 보니……."

습격을 당했다던 취로의 은신처, 그곳은 너무도 정갈했다!

사람의 온기만 있었더라면 외부인이 침입했다고 절대로
믿기 어려울 정도였거늘.

그녀는 취로의 분신과도 같았던 단 두 개의 소품, 즉 전낭과 손수건에 온 정신이 팔려 금고에서 발견된 그의 서찰을 아무런 의심도 없이 받아들였던 거다!

문고리의 혈흔도 한몫했고.

그렇다면 취로는 무엇 때문에 이런 수고를 해가면서까지 모습을 숨겼던 걸까. 세상천지에 단 하나뿐인 동료라던 취접 자신까지 속여가면서.

현재 천하제일세라는 강조무벽이 두려워서?

"말도 안 돼. 강조무벽이 문제였다면 적어도 내게 청부의 정확한 목적과 청부대상의 신상 정도는 알려줬어야지. 그래야 나도 방비를 할 테니."

책자의 내용으로 미루어 취로는 청부자와 청부대상의 모든 정보를 알고 있었다는 말이 된다. 더욱 놀라운 건 청부가 오리라는 것까지 예측했다는 거다.

비록 취로가 똑똑하다고는 하지만 신이 아닌 이상 청부를 예견한다는 건 어불성설.

"……"

생각을 뒤로하고 취접이 다음 장을 조심스레 넘겼다.

그저 장난처럼 시작된 이번의 일이 이렇게 커질 줄은 미처 몰랐다. 하지만 진실은 손바닥으로 가린다고 가려질 것이 아니란 걸 잘 알기에 취접의 입술은 야무지게 다물어졌다.

모월 모일.

마침내 그들의 움직임을 잡았다.

청암산 백치곡에서 종적이 끊겼던 그들은 백치곡에서 얼마 떨어지지 않은 계곡에서 다시 모습을 드러냈다.

이제 결심을 할 때다.

나와 그녀를 위한 선택을 말이다.


그것으로 책은 끝이었다.

대충 그들이 누구인지 알겠다. 그런데 취로가 이토록 그들에게 집착하는 이유가 뭘까.

"그것참……."

나뭇가지를 뚝 꺾어 이를 쑤시던 취접의 눈이 상큼 커지며 빙글 튀어 올랐다.

"누구냐!"

어느새 그녀의 장포는 팽팽하게 부풀어 있었으니 과연 천하제일청부업자다운 모습이었으나 상대방의 대답은 허탈하기 그지없는 것이었다.

"나야… 취로."

"취… 로?"

서서히 모습을 드러내는 사내를 바라보며 취접이 멍청하게 대답했다.

전이었으면 와락 달려들어 목을 졸랐을 텐데. 불과 얼마 전이었으면 땅바닥에 패대기를 치고 올라타서 마구 간질이면서 고생시킨 죄로 밥을 사내라며 웃었을 텐데.

정말… 그랬을 텐데.

이제는 그저 한 발 앞으로 떼기가 부담스럽다. 아니, 한줄기 웃음조차 머금기 버겁다.


어쩌다 우리는 이렇게 된 걸까.


망연하게 자신을 바라보는 취접이 부담스러웠는지 취로가 과장된 동작으로 양팔을 들어 올렸다.

"아, 왜 그래? 한 일 년 보지 못했더니 그새 얼굴을 잊어버렸다는 거야, 뭐야? 아니면 새서방이라도……."

"아하하하……."

멀뚱히 취로의 말을 듣던 취접이 키득키득 웃기 시작했다.

"뭐가 웃겨?"

취로가 눈을 껌뻑였지만 취접의 웃음은 더욱 깊어져 이제는 아예 배를 감싸 쥐고 대소를 터뜨릴 정도였다.

"깔깔깔깔… 아이고, 배야!"

그렇게 미친 사람처럼 웃던 취접이 겨우 허리를 펴며 취로를 바라보았다.

"하하하아~ 취로……."

"음?"

"우리 말이야……."

대답을 하려던 취로가 흠칫 놀라 말문을 닫았다. 활기찬 취접의 미소 뒤에 걸린 눈물을 보았기 때문일까?

눈물은 볼을 타고 쉼없이 흘러내렸지만 이를 닦을 생각도 하지 않고 취접이 허탈하게 웃으며 천천히 말을 내뱉었다.

"이렇게 가까운데 너무 멀리 서 있네?"

입술을 한일자로 다문 취로가 고개를 왈칵 돌렸다. 취접이 하고자 하는 말의 의미를 모를 그가 아니었기에 가슴이 아려왔지만 뭐라고 대답할 말이 없었기에 그저 답답하기만 했다.

그런 취로를 바라보다 취접이 어린아이처럼 손등으로 눈물을 훔치고 책을 그의 발밑에 집어 던졌다.

툭—

아무렇게나 내던졌기에 모서리로 잠시 중심을 유지하다 그대로 나자빠진 책자가 어지러운 글자들을 토하며 배를 드러내고 이를 굽어보던 취로가 무릎을 굽혔다.

"많이… 놀랐지?"

책에 손을 가져가며 취로가 작은 목소리로 물었다.

"놀랐다… 라."

멍하니 취로의 말을 받은 취접이 눈을 들어 석상들을 바라보았다.

본래 악업과 살업을 일삼다 부처의 인도로 악귀들을 징벌하게 되었다는 나찰과 야차상들. 험상궂은 얼굴의 뒤안길에 담긴 회한과 반성들이 손에 잡힐 것만 같은데.

왜 우리는 같은 죄를 반복해서 짓는 걸까.

고개를 돌린 취접이 무감정한 어조로 취로에게 물었다.

"너는… 누구지?"

"그걸 질문이라고 하는 거야? 내가 바로 취로잖아."

"그래, 내가 아는 취로는 너야. 그래서 묻는 거야, 내가 알지 못하는 취로는 누구지?"

얼른 대답을 하지 못하는 취로였기에 취접의 마음은 더욱 무거워졌다.

'대답, 할 수 없는 거야?

그렇게 취로를 응시하던 취접이 주먹을 쥐고 마치 시를 낭송하듯 나지막이 읊조렸다.

"취로, 네 말대로 나는 제 과거조차 기억하지 못하는 천치, 바보야. 기억하지 못하기에 반추할 기쁨이나 슬픔, 그리고 서러움도 없었어. 아무리 술을 마셔도, 아무리 취해봐도, 그렇게 그릴 것이 없어서 또 한잔을 따르고 눈물을 짓다 보면 어느새 날이 밝아오곤 했지."

취접의 술회는 가슴 깊숙한 곳에서 밀려 올라와 취로의 마음을 세차게 두드렸다.

"그래서 술 취한 나비가 되었던 걸지도 몰라. 취한 듯 흐느적흐느적 떠돌다 보면 언제나처럼 밤이 찾아오고, 잠시 날개를 접을라 치면 또다시 아침은 나를 깨웠지."

“취접……．”

“하지만 언젠가부터 술 취한 나비도 이 쳇바퀴 같은 일상이 싫어졌었어. 몽롱한 현재와 똑같은 내일이 지겨워졌었던 거야. 그래서 생각을 했지.”

별처럼 눈망울을 깜빡이던 취접이 자꾸만 흐려지는 취로의 초상을 가까스로 잡아내며 희미하게 웃었다.

“그래, 더 이상 과거에 미련 따위를 가지지 말자. 과거로 추억을 채우지 못할 바엔 미래로 추억을 채워보자. 이미 흘러간 과거, 잡을 수 없다면 맞이할 미래라도 꽉 잡아보자. 나를 위해서, 나를 지켜봐 주는 모든 이들을 위해서라도 미래를 잡아보자……．”

손을 들어 무언가를 움켜쥐는 시늉을 하던 취접의 손이 곧 미끄러지듯 처져 버렸다.

“아하하하하… 근데, 근데 말이야. 그 모든 생각이 나만의 망상이었네?”

“취접… 쿨럭, 쿨럭!”

자신을 부르던 취로가 기침을 하면서 한발 다가서려 하자 거세게 고개를 저은 취접이 낮게 으르렁거렸다.

“취로, 취로… 넌… 누구지?”

쿠룽—

공력을 모으자 취접의 머리는 산발한 여인네처럼 나부끼기 시작했고, 그녀의 장포는 바람이 잔뜩 들어간 것처럼 마구 부풀어 올랐다.

"그리고 나는 누구지?"

짧은 물음과 함께 그녀가 앞으로 쭉 밀려 나와 취로의 멱살을 잡았다.

"컥!"

"글쎄, 이리 허약한 너의 모습도 가식으로 보이는 건 나만의 착각일까?"

매섭게 취로를 노려보던 취접이 팔에 힘을 실어 그를 들어 올렸다. 땅에서 떨어진 발을 허우적거리는 취로가 못내 안쓰러웠지만 취접의 마음은 이미 귀화가 활활 태워 버린 상태였기에 곧 연민을 떨쳐 버렸다.

"모든 게 가식이었어, 모든 게."

"커컥! 쿨럭! 쿨럭!"

취접의 손을 잡고 기침을 터뜨리던 취로가 끝내 피를 한 사발이나 뱉었다. 김이 피어오르는 그의 피를 얼굴에 뒤집어쓴 취접의 모습은 처참하기 이를 데 없었고, 그녀의 목소리는 유부의 깊은 곳에서 흘러나오는 명부의 바람과도 같았다.

"자, 어서 말해. 네가 아는 모든 것들을 말이야."

"크흑, 쿨럭, 쿨럭!"

가까스로 고개를 끄덕이는 취로를 냉엄하게 바라보던 취접이 손을 풀어주었다.

털썩—

"커헉! 우에엑! 쿨럭!"

바닥으로 떨어진 취로가 목을 잡고 연신 기침을 했지만 취접은 오연하게 굽어볼 뿐, 결코 움직이지 않았다. 취로의 기침이 잦아들기를 기다리는 그녀의 모습에서 옛 동료와의 아름다운 추억 같은 건 찾아볼 수 없었다.

"아직도 기다려야 하나?"

괴로워하는 취로를 다그치며 취접이 앞으로 나섰다. 더 끌면 다시 힘을 쓰겠다는 의지를 보여주는 것이었고 이에 취로도 겨우 기침을 멈췄다.

"그래, 알았어, 알았다고!"

억지로 몸을 일으킨 취로가 비틀, 중심을 잃었다 상체를 바로 하고 숨을 거칠게 몰아쉬었다.

"헉, 헉, 뭘 어떻게 알고 싶은 거야?"

"전부 다."

"전부 다……."

취접의 차가운 대꾸에 지그시 눈을 감은 취로가 천천히 고개를 끄덕였다.

"전부 다… 라."

번쩍!

두 눈을 만개하며 취로가 툭 내뱉었다.

"그렇다면 직접 아는 편이 낫겠지."

"어?!"

전에 없이 강력한 기운. 당황한 취접이 대응하려 하는데 이미 취로의 몸은 그녀를 스치고 지나갔다.

파핫—

취접의 십이 개 대혈을 모조리 점한 취로가 그녀의 아혈을 막아 목소리까지 멈추고 다시 심한 기침을 터뜨렸다.

"쿠에엑, 쿨럭! 쿨럭! 잠시만, 잠시만."

허리를 굽히고 숨을 몰아쉬던 취로가 취접에게 다가갔다.

"이제 너는 깊은 잠을 자게 될 거야."

몸을 움직일 수도, 소리를 지를 수도 없었기에 취접이 취로를 잡아먹을 것처럼 노려봤다. 눈매에 담긴 한이 얼마나 컸는지 마주 보던 취로가 고개를 돌릴 정도였다.

"무슨 변명을 하겠어, 네게."

담담히 그녀의 눈길을 외면한 취로가 통나무처럼 굳은 취접을 안고 사찰의 안으로 들어서며 중얼거렸다.

"깊은 잠에서 깨어나면 모든 것을 알게 될 거야. 너에 대해서, 나에 대해서, 그리고 그에 대해서……."

*　　　　*　　　　*

올 때는 넷이었으나 갈 때는 둘이었다. 이성룡과 이청청은 어쩐 일인지 상관추상의 장례가 끝나자마자 운예소의 방문을 받고 중원으로 먼저 떠났다.

몇 번이고 따라가겠다 말하는 사도천악의 손을 잡으며 마음만 받겠다고 했지만 운예소 역시 허전함은 어찌하지 못했다.

그렇지만 각자 걸어가야 할 길이 있고, 해야 할 일이 있는 법. 사도천악에게 지금은 이인세가의 식객 노릇을 할 여유가 없었다.

"세가를 추스르는 게 사도 형의 몫이라오."

"미안하게 됐소이다."

"미안은 무슨."

희미하게 웃고 마차에 오른 운예소의 손을 놓지 않으며 사도천악이 너스레를 떨었다.

"잊지 마시게나, 가주. 이인세가의 식객 한 자리는 이 사도천악의 몫이라는 걸."

"그럼요. 어느 누가 감히 운남청천의 자리를 넘볼 수 있겠어요?"

역시 너스레로 대꾸한 정명진이 사도고엽과 사도웅심에게 야무진 인사말을 남기고 마차에 올랐다.

마차가 한 점이 될 때까지 손을 흔든 사도천악이 아쉬움을 한숨으로 달래는데 사도고엽이 자애롭게 그를 다독였다.

"괜찮다. 운 소협의 말마따나 지금의 너는 식객 노릇을 할 형편이 아니다. 세가를 잘 추슬러 일어서는 것이야말로 운 소협과 꼬마 가주를 돕는 길이라는 걸 명심해야 할 것이야."

“두 사람을 돕는 길이라고요?”

“그렇다. 스스로 여유가 없는데 어찌 남을 도울 수 있겠느냐? 타인에게 손을 내밀려면 우선 나 자신의 주변부터 공고히 해야 하느니라.”

“예…….”

지평선의 끝에 맞춰두었던 시선을 세가로 돌리며 사도천악이 어깨를 쭉 폈다.

“저들에게 부끄럽지 않도록 최선을 다하겠습니다.”

말없이 손자의 어깨를 두드린 사도고엽이 이제는 중원의 어딘가로 치달아갈 마차를 그리며 고개를 주억거렸다.


＊　　　＊　　　＊


“행선지가 어디예요?”

“무한.”

“무한에는 왜 가는데요?”

“갈 일이 있으니까.”

“근데 왜 이리 바쁘게 움직이는 거예요?”

“시간이 없으니까.”

“왜요?”

“설명하기 복잡해.”

뚜웅—

볼을 불룩하게 내민 정명진이 그야말로 정통 무성의한 대답에 항의하려는데 운예소의 초조한 음성이 깔렸다.

"너무 늦지는 말아야 할 텐데……."

"예?"

"내가 어제 그랬지, 바쁠 거라고."

"그랬지요."

"곧 정씨, 아니, 우리 이인세가의 전체를 걸 마지막 싸움이 벌어질 거야."

운예소의 침중한 말에 정명진이 화들짝 놀랐다. 여태 그런 얘기는 언급조차 없었거늘 이 무슨 마른하늘에 날벼락 같은 소리란 말인가!

"그게 무슨 말씀이에요? 전체를 걸다니, 누구랑 어떻게요?"

기산자, 아니, 문상하고 천추산맥의 일부랑 우리 세력들, 그리고 남은 하나.

라고 대답할 수 없어서 헛기침으로 대답을 대신한 운예소가 힐끗 뒤를 돌아보았다.

"숨기려던 건 아니었어. 그냥 무한에 가면 모든 게 밝혀질 테니 알고 싶더라도 잠시만 참아줘."

불만스러웠으나 어쩌겠는가, 칼자루를 쥔 쪽이 입을 닫겠다는데.

"…알았어요."

알고 싶은 쪽도 답답하지만 얘기하지 못하는 편의 답답함
도 크다. 매를 먼저 맞는 것이 나을지도 모른다고 생각해 보
았지만 결론은 아직 얘기할 때가 아니라는 거였다.

"지금 급선무는 조금이라도 빨리 무한에 당도하는 거야."

스스로에게 다짐하듯 한마디를 던지고 운예소가 말고삐를
힘껏 잡았다.

*　　　*　　　*

뒷짐을 지고 있는 염마와 달리 편안한 자세로 앉아 있던 초
강이 탁자에 놓인 사과 하나를 으적으적 씹어 먹었다.

"음, 아주 잘 익었군."

"지금 사과가 입에 들어가는가?"

몸을 돌리지도 않고 염마가 탄식을 터뜨리자 영문을 모르
겠다는 듯 양팔을 들어 올린 초강이 눈을 몇 번 깜빡였다.

"아, 지금은 사과를 먹을 시간이 아닌가요?"

초강의 능청스러운 대답에 염마가 버럭 소리를 지르며 돌
아섰다.

"이런 답답한! 독인 중에 독인이었던 동생과 동명, 그리고
광명왕원이 괴멸된 마당에 사과가 입으로 들어가느냔 말이
야!"

"아……."

그 얘기 말씀이었군요, 하는 얼굴로 고개를 끄덕인 초강이 사과를 내려놓고 자리에서 일어섰다.

"뭐, 우리의 계산이 틀렸다는 점은 인정하는 바입니다. 사도세가의 저력은 상상 이상이었고 보타용봉이라는 애송이들의 난입에 운예소라는 녀석과 운남청천의 무위는 우리가 예상했던 수치를 넘어섰었지요."

"그걸 변명이라고 하는 건가!"

"변명이라니? 사실을 얘기하는 겁니다, 엄연한 사실. 그럼 염마께서는 흑암천녀가 운남청천 하나를 어찌하지 못할 거라 생각하지는 않으셨겠지요?"

"으음……."

사실이다. 흑암천녀라면 강기공의 꽃이라는 강환을 이룬 고수 중의 고수. 이름 드높다 하나 후기지수에 불과한 운남청천 사도천악의 상대가 될 수 없다고 여겼었다.

침중한 염마를 비웃기라도 하듯 입꼬리를 올린 초강이 재차 물었다.

"또한 대산부군이 운예소를 감당하지 못할 거라고 누가 상상이나 했겠느냔 말이죠."

"으음……."

대답하지 못하던 염마가 곧 무언가를 생각해 내고 인두령 번을 땅에 꽝 꽂았다.

"아무리 그렇기로서니 어린아이 하나 제대로 처리하지 못하고서야 어찌 천추산맥의 맥주라 할 수 있겠는가!"

그 말에 초강의 입이 한일자로 굳어졌다. 변명할 말이 없다는 걸까, 아니면 그 점에 관해서 이야기하고 싶지 않다는 걸까.

"왜 대답이 없는 게야? 자네 말대로 그 아이가 모든 세력을 결집하게 되면 우리 천추산맥으로서는 매우 난처한 처지가 된다는 걸 모르지는 않겠지?"

여전히 묵묵부답. 초강은 그저 염마의 말을 듣고 있을 뿐이었다.

"이제야 죄를 뉘우치는 모양이로군. 그래, 아이가 사대세력을 결집하고 정씨세가와 천추산맥의 관계에 대해 알게 되면 어쩌려는 건가?"

눈을 빛내던 초강이 잘못을 인정하는 것처럼 고개를 옆으로 돌렸다. 이에 힘을 얻은 염마의 목소리는 더욱 커졌고 음성 또한 단호하기 그지없었다.

"우리가 대맥제전을 서두르려던 이유가 무엇이었나? 사상맥칙이 발동된다면 우리가 어찌 될지는 불을 보듯 뻔한 사실이라는 걸 잊은 건 아니겠지?"

엄중하면서도 걱정스러운 염마의 말이었는데 숙였던 고개를 반짝 들며 초강이 뻔뻔한 표정으로 물었다.

"우리라니? 누구 말씀이오?"

"이런 답답한 자네와 나를 두고 하는 말이지!"

"이해하기 어렵군. 왜 염마님과 내가 엮인단 말이오?"

태연한 초강의 대답에 염마가 어깨를 부르르 떨었다.

"지금… 나와 말장난이라도 하자는 건가……."

활활 타오르는 눈동자로 초강을 바라보는 염마의 기세는 너무도 패도적이라 명부의 판관이라는 염라대왕의 재림이라 해도 믿을 판이었다.

그런 염마를 물끄러미 바라보던 초강이 빙글 몸을 돌렸다.

"이거 무서워서 어디 말이나 하겠나."

전혀 무섭지 않다는 걸 약여하게 보여주는 자세로 천천히 어슬렁거리던 초강이 우뚝 걸음을 멈추자 그를 쏘아보던 염마가 인두령번을 땅에서 쑥 뺐다.

"우습군, 자네의 입에서 그런 말이 나오다니. 이제 와서 발을 빼보겠다는 수작인가 본데……."

휘르릉―

염마의 눈이 번쩍 빛나자 그의 장포가 미친 듯이 부풀어 올랐다.

"애초에 네놈의 제의를 받아들여 진행했던 일이다. 이제 와 너 혼자 살겠다고 발을 뺀다면 그땐 내가 가만있지 않으리라!"

거역하기 힘든 힘을 지닌 염마의 일갈. 그러나 초강의 표정은 여전히 태연자약했다. 입가에 미소까지 짓고 염마를 응시하던 초강이 스산하게 한마디를 던졌다.

"그럼 염마께서 책임져 주시면 되겠소이다."

"뭐?"

스슥—

놀라는 염마의 앞으로 초강의 신형이 거짓말처럼 나타났다.

"이, 이놈!"

워낙 빠른 움직임이라 방비하지 못했던 염마가 가까스로 뒤로 물러서는데 일정한 거리로 뒤따르며 초강이 빈정거렸다.

"염마님 말씀대로 우리가 벌인 일이 곤란하다면 두 사람이 책임지는 것보다 한 사람이 희생하는 편이 낫지 않겠소이까?"

"이, 이런 발칙한 놈!"

분노에 몸을 떠는 염마였지만 초강의 움직임은 그가 알고 있던 수준의 것이 아니었다.

"네, 네놈이 진신절기를 숨기고 있었구나!"

"후후후……."

온몸으로 전해지는 압박감. 그저 머리나 잘 굴리는 모사형의 인간이라 생각했거늘 지금 초강의 기세는 막강하기 이를 데 없어서 염마는 피하기에 급급했다.

"무림에서 자신의 삼 푼을 숨기는 건 기본이라 하지 않았소? 뭐, 난 다른 이들보다 몇 푼 정도를 더 숨겼을 뿐이니 그리 놀랄 것은 없소."

"비, 비열한 놈!"

밀리던 염마가 노호성을 지르며 인두령번을 크게 떨쳤으나 초강은 단지 방향 한 번을 바꿈으로써 그의 초식을 와해시켰다.

"후후후… 아무튼 고마웠소. 염마님이 나서주셨기에 이 사람은 그저 몇 마디로 소기의 목적을 달성할 수 있었소이다. 그 은혜는 평생 잊지 않겠소."

"소기의 목적이라니! 그, 그렇다면 광명왕원만 괴멸된 것도 전부 네놈 때문이었다는 거냐!"

"그 정도는 빙산의 일각에 불과하지. 겨우 광명왕원 하나를 붕괴시키려 이 고생을 했을까?"

진하게 풍겨오는 죽음의 냄새. 그러나 염마의 기세는 아직 사그라지지 않았다. 비록 선기를 제압당했지만 인두령번은 여전히 그의 손에 있었고 그에게도 믿는 구석은 있었으니까.

"십팔장관(十八將官)은 어서 나서서 이놈을 제압하라!"

인두령번을 높이 들며 염마가 쩌렁쩌렁한 목소리로 외쳤다. 그의 음성에 탁자가 흔들리고 다탁에 놓인 잔들과 접시들이 산산이 깨져 나갔다.

그러나…….

"후후후, 이걸 어쩌면 좋소? 염마께서 믿어 의심치 않던 열여덟의 무인들은 어제부로 명부에 적을 올렸거늘."

"뭐라고!"

계획된 일이었다는 걸 그제야 깨달은 염마의 얼굴에 처음으로 낭패의 빛이 떠올랐다. 십팔장관이 모두 당했을 정도라면 선명칭원도 무사할 리 없을 터였고, 그건 염마의 세력이 제거되었다는 의미였으니까.

"조, 좋다! 네놈이 어떤 절예를 숨겨두었는지 몰라도 어디 한번 부딪쳐 보자!"

발뒤꿈치에 체중을 실으며 몸을 멈춘 염마가 인두령번을 휘두르자 허공에 실체도 또렷한 꽃잎이 피어올라 초강을 내리눌렀다.

"오호, 혈화개인(血花改印)? 일수에 여덟 차례 깃을 움직여 팔방을 옥죈다는 수법이 아니오?"

과장된 놀라움을 표시하는 초강이었는데 음성과는 달리 그의 움직임은 유려하기 그지없어서 염마의 인두령번은 허무하게 공기를 갈라야 했다.

'이럴 수가!'

혈화개인은 염마의 독문무공인 조화심번 가운데 두 번째 초식이자 익혀두기만 했던 무학이었다. 다시 말해 한 번도 펼친 적이 없는 초식이거늘 이름까지 알고 있다니.

그런 염마의 궁금증을 풀어주려는 듯 여유로운 자세로 빙글빙글 돌던 초강이 피식 웃으며 침상 뒤편을 손으로 가리켰다.

"뭘 그리 자주 놀라는 거요? 그러게 귀중품은 잘 보관해야 한다고들 하지 않았소?"

"네… 이노옴!!!"

침상의 뒤편이라면 염마의 모든 것이라 할 수 있는 무공서가 담긴 금고가 놓여 있는 장소. 자신의 모든 것이 초강의 손아귀에서 자유롭지 못했다는 열패감과 자괴감이 전신을 불태웠기에 염마가 숨을 몰아쉬었다.

자신이, 자신의 삶이 꼭두각시였다니!

받아들이기 어려운 진실 앞에 몸을 가누지 못하는 염마에게 잔인한 한마디가 덧붙여졌다.

"그리 어수룩해서야 세상을 판결한다는 염마로의 이름이 부끄럽지 않소. 쯧쯧……."

그 한마디로 염마의 자존심은 무너져 내렸다.

"허허허……."

우뚝 몸을 멈춘 염마가 멍청하게 초강을 바라보다 꽉 쥐고 있던 인두령번을 힘없이 놓아버렸다.

텅, 데구르르…….

비참한 그의 심경처럼 볼품없이 나뒹구는 염마의 표식.

"초강, 자네 말대로 이 사람은 염마로의 자격 따윈 없었나보다."

자조의 웃음은 더없이 쓸쓸했으며 축 처진 어깨는 애잔함을 물씬 풍겼으나 이를 바라보는 초강의 얼굴은 딱딱하게 굳어 도통 속내를 알 길이 없었다.

"무슨 목적으로 이곳에 왔는지, 어떤 이유 때문에 나와 염마전을 붕괴시켰는지 몰라도 자네의 완벽한 승리임에 틀림없다."

통곡보다 절절한 술회였지만 초강의 표정엔 변화가 없었다. 그렇게 염마를 바라보던 초강이 지그시 눈을 감고 크게 숨을 토하고는 정중히 포권했다.

"부디 내세에는 악연으로 만나지 않길. 이 결례는 저승에서 치르리다."

"그래, 고맙네."

담담히 인사를 받는 염마를 두고 초강이 조용히 문을 닫고 염마전에서 나섰다.

잠시 후…….

쿵!

문풍지 너머로 힘없이 쓰러지는 염마의 초상이 들어왔다. 아마도 심맥을 끊었으리라.

그렇게 문 하나를 두고 서 있던 초강이 조용히 읊조렸다.

"비록 모양새는 좋지 않았으나 그는 영웅이라 불리기 충분한 인물. 부디 잘 묻어드려라."

"예!"

어디선가 대답이 들리고 꺼지듯 몇몇의 신형이 나타났다. 그들이 염마의 시신을 안고 사라지자 홀로 남은 초강이 뒷짐진 손가락들을 하나하나 모았다.

"이제 마지막입니다, 형님……."


*         *         *


운남에서 무한까지는 꽤나 먼 거리였다. 거기다 어린아이를 대동하고 이동하자니 자연 속도가 지연될 수밖에 없었지만 운예소의 다급한 마음 때문인지 예상했던 것보다 빠른 속도로 무한에 접근할 수 있었다.

"장사면 뭐, 다 온 거잖아요. 아아, 어디서 하루만 푹 쉬었다 가요, 네?"

호남성의 성도인 장사(長沙)에 들어서며 정명진이 나른한 고양이마냥 옹알거렸다. 대부분 마차에서 새우잠을 잤고, 밤이슬을 맞으며 이동을 했기에 당연한 푸념이었지만 운예소는 그리 태평한 소리를 늘어놓지 못했다.

그러나 정명진의 떼는 상상을 초월하는 것이어서 결국 운예소도 객잔에 짐을 풀어야만 했다. 정명진의 말마따나 이곳은 장사, 무한까지 이틀이면 도착할 수 있으니까.

"이야아~ 침상이다, 침상!"

푹신한 침상으로 돌진하며 정명진이 펄쩍펄쩍 뛰자 피식 웃음을 지은 운예소가 뒹굴거리는 어린 가주 몰래 손가락을 꼽기 시작했다.

"이틀, 사흘… 아직 도착할 때가 아니라는 건가……."

"예? 뭐라고요?"

"아니, 신경 쓸 것 없어."

그런 말 할 필요도 없었다. 어느새 정명진은 낮게 코를 골며 잠을 청하고 있었으니까. 입맛까지 다시며 단잠에 빠진 정명진에게 이불을 덮어주며 운예소가 속삭였다.

"이제 마지막이야, 가주……."

第六章 두 가지 소문

쿠쿵!

평온했던 강호에 파란이 불어닥쳤다!

무림을 뿌리부터 송두리째 뒤흔든 소문은 너무도 안락하여 나태하기까지 했던 강호를 발칵 뒤집기에 충분했고, 그 여파는 누대에 걸쳐 정립되었던 질서마저 파괴시킬 정도였다.

그 첫 번째 소문.

사백 년 전에 봉문했다던 천하제일가에서 지금껏 강호를 암중으로 지배하고 있었다!

이 말도 안 되는 이야기의 발원지가 어디인지는 모른다. 다만 어디선가 시작되었던 소문은 조금씩 파문을 일으키며 퍼져 나가다 차츰 해일이 되어 전 무림을 집어삼켰다.

물론 처음에는 모두 코웃음을 쳤었다. 천하제일가가 무엇이 아쉬워서, 어떤 방법으로, 무엇 때문에 강호를 지배한다는 건가, 그것도 암중으로 말이다.

하지만 강조무벽이라는 이름이 소문의 중심에 떡 걸리자 얘기는 달라졌다.

즉, 정씨세가는 네 개의 힘을 분산시켜 누구도 모르게 강호를 통치했고, 그 네 가지의 세력 가운데 가장 강성한 힘이 바로 강조무벽이라는 것이 첫 번째 소문의 후문이었던 거다.

반신반의하던 사람들의 시선은 자연스레 강조무벽으로 옮겨졌으나 패도의 정점에 서 있는 그들은 모두의 의혹에 일체의 대꾸를 하지 않았다.

무언은 곧 긍정으로 비쳐지는 게 인지상정.

점차 사람들은 소문을 진실로 받아들이게 되었고, 개중 용감한 이들은 대놓고 해명을 요구했으나 강조무벽은 여전히 침묵으로 일관했다.

만약 결백했다면 패도의 특성상 이런 소문에 힘으로 대응하는 것이 원칙. 강조무벽의 묵언(默言)은 말하기 좋아하는 변설자들의 다변(多辯)을 유도하기에 충분했고 소문은 어느새 진실로 굳어지는 형편이었다.

그리고 세상의 구원자라 칭송받았던 정씨세가의 위상 역시 위선자로 격하되어 갔지만 천하제일가도 강조무벽과 마찬가지로 소문에 대해 일체의 대응이 없었다.

충격을 받은 무림인들이 하나둘 모여들기 시작했으나, 그래도 아직까지 천하제일가의 위명에 눌려 하남을 목표로 하지는 못하고 강조무벽이 위치한 무한으로 향하는 형편이었다.

하지만 심중만 굳어지면 천하제일가도 안전할 수는 없는 노릇. 그만큼 무림인들의 배신감은 크고도 깊은 것이었기에 이들의 분노를 막을 길은 없어 보였다.

전륜성의 마수로부터 전 무림을 구원한 정씨세가, 과연 그들은 지능적인 무림의 지배자였는가?!

소문, 그 두 번째!
천하제일미가 나타났다. 아니, 천하제일미 정도가 아니라 천년제일미일지도 모를 여인이 나타났다!

솔직히 여자가 예쁘면 얼마나 예쁘겠는가?
라고… 처음 소문이 돌았을 때 모두가 생각했었다. 경국지색이니, 침어낙안이니, 미인을 수식하는 수많은 말들이 떠도는 강호인지라 소문의 주인공도 그저 아름다운 여인들 가운데 하나일 거라고 사람들이 평가절하했었다.

미란 지극히 개인적인 기준에 의하여 결정되는 법이니까.

낙양의 한 객잔에서 발견된 이 미인도 그런 범주를 벗어나지 못할 거라고들 얘기하던 사이에 여인의 행보는 계속되었고 그녀가 머물렀던 지방은 모두가 칭송을 넘어서 거의 광기에 가까운 반응을 보이게 되었다.

심미안이 남다르다고 자부하는 변설자들이 이런 호재를 놓칠 리 없는 노릇. 그리고 식견이 남달라 변설자들 중에서도 거의 제왕처럼 군림하던 고첨원촉(高瞻遠矚) 하중양 역시 미인에 관심을 가지고 하남 땅을 밟았다.

며칠 뒤…….

쓸쓸하게 하남 땅을 떠나며 하중양이 하늘을 우러러 '내가 만약 십 년 전에만 저 여인을 만났더라면 평생을 따라다니며 구애했으리라!' 라는 말을 남겼다는 소문이 장안에 파다하게 퍼지자 강호는 크게 출렁였다.

여기서 구태의연하게 따라붙는 후문 하나.

미인에 대한 소문이 구체화되기 시작하자 그래도 하남에서 행세깨나 한다는 무림세가의 자식들이 구름처럼 몰려갔다고 한다.

자존심과 돈, 그리고 세력, 기타 등등으로 무장한 이들이 안휘성과 하남성의 인접 지역에서 그녀를 발견하고 거의 해파리처럼 흐늘거리다가 필연적인 수작을 부렸다고 했다.

돈이 많은 놈은 금붙이로 다리 하나를 놓았고, 세력이 있는 놈은 자신의 수하들을 일렬종대로 쫘악 세웠고, 무공에 자신이 있었던 놈은 집채만 한 바위 다섯 개로 공기를 했다고 한다.

이를 본 미인이 살포시 웃고는 돈 많은 놈의 앞에다 야명주로 다리를 놓아주었고, 세력이 있는 놈의 수하들을 손 한 번 휘저음으로 모조리 무릎을 꿇리고, 마지막으로 무공 좀 한다는 놈이 가지고 놀던 바위들을 가만히 쓰다듬어 먼지로 돌려보냈다 했다.

이에 기경한 무림세가의 자식들이 꽁지가 빠지도록 줄행랑을 놓았고, 그녀에게 천년제일미와 더불어 천년제일부, 그리고 천년제일내공이라는 새로운 칭호도 따라붙게 되었다.

미모면 미모, 재력이면 재력, 그리고 내공이면 내공, 대체 그녀는 누구일까?

*　　　　*　　　　*

거하게 잠을 잔 정명진이 의자에 앉아 선잠을 청하고 있던 운예소를 깨웠다.

"무상 형님, 무상 형님!"

"음… 끄응……."

"에이, 일어나란 말이에요!"

"아… 왜……?"

“벌써 해 떨어졌다고요! 밥 먹어야지요, 밥!”

참으로 본능에 충실한 아이다. 아니, 본능이 꼬마 군자를 잡아먹어 버린 건가?

힘겹게 기지개를 켠 운예소가 비틀거리며 일어섰다. 생각해 보니 건포 종류로 끼니를 때우며 이동한 것이 무려 한 달 가량이기에 따끈한 식사가 생각나는 건 사실이었으니까.

“그래, 오늘은 맛난 걸로 먹어볼까? 간만에 주머니도 두둑하고 말이야!”

사도세가에서 찔러준 노잣돈이 좀 되기에 호기롭게 운예소가 말하자 정명진이 깡충깡충 뛰며 반겼다.

“우와아~ 최고예요!”

이로써 본능은 군자보다 위라는 게 입증되었다.


저녁 시간답게 객잔 일층은 사람들로 발 디딜 틈이 없었지만 간만에 인파에 싸여 인간 냄새를 맡자는 생각으로 객방에 음식 배달을 시키지 않고 어렵사리 탁자를 차지한 운예소와 정명진이 오차를 홀짝거리며 주위를 둘러보았다.

“진짜 사람 많네요.”

“음……”

“그리고 왜 이리 무림인들이 많은 거죠?”

“글쎄……”

대답은 이렇게 나갔지만 기실 장사에 들어서면서부터 느

졌던 바라 운예소의 표정은 딱딱하게 굳었다. 아무리 강조무벽의 본산이 위치한 무한과 가까운 지역이라지만 객잔 손님의 절반이 무림인이라는 건 누가 봐도 이상한 일이었으니까.

주문도 한참이 밀려서 음식 나오기만을 기다리던 두 사람의 귓전에 이상한 대화가 들려왔다.

"어떻게 그럴 수가 있다는 거야?"

"누가 아니래나? 감쪽같이 속았다니까!"

"허허, 아무리 그래도 그렇지, 그런 일이 있냐고!"

건장한 무림인들이 벌겋게 취기가 돋은 얼굴로 연방 투덜거리고 있었는데 뭔가 대단히 억울한 일을 당한 것처럼 열을 올리는 형편이라 자연 그들의 대화가 신경 쓰일 수밖에 없었다.

"뭔가 엄청나게 분한가 봐요."

정명진이 소곤거리자 운예소도 고개를 끄덕였다.

"그러게, 단단히 골탕을 먹은 얼굴들인데?"

둘의 속삭임을 내리누르는 장한들의 음성이 이어졌다.

"아니, 그러니까 대체 얼마나 속여먹은 거야?"

"얼마나? 이 사람아, 얼마나 정도로 얘기할 수준이 아니라고! 이건 몇백 년 단위야, 몇백 년!"

"그러니까 그런 엄청난 사기극을 몇백 년씩이나 태연하게 치고 있었다니, 웃기지 않냐 이거지!"

"누가 뭐래? 내참, 기가 막혀서!"

이들의 흥분은 최고조에 이르고 있었기에 정명진이 또다

시 종알거렸다.

"이야, 몇백 년이래요! 대체 무슨……."

"가만!"

손을 입에 가져다 대며 정명진의 말을 막은 운예소가 심각한 얼굴로 그들의 이야기에 귀를 기울였다.

"이제 어쩌면 좋나? 우린 누구를 믿어야 하냐고!"

"그러게, 믿는 도끼에 발등을 찍혀도 유분수지. 이건 발등이 아니라 아주 허리가 뎅겅 잘린 기분이야!"

씩씩거리던 장한이 부르르 몸을 떨다 씹어뱉듯 한마디를 툭 던졌다.

"빌어먹을 정씨세가."

"뭐?"

그 말에 화들짝 놀란 정명진이었으나 운예소는 재빨리 손을 뻗어 그의 동요를 막았다.

"가만히! 일단 들어보자고!"

"아니, 저 사람들이……."

"가만히 있으라잖아!"

왼손으로 정명진의 어깨를 꽉 누른 운예소가 오른손으로 탁자를 강하게 움켜쥐었다. 어떤 식으로든 움직일 거라 예상은 했지만 어떻게 치고 나올 줄은 알 수 없었는데 이런 식이라니.

"강조무벽이 패악을 떨어도 언젠가 정씨세가에서 일어나

그들을 응징해 줄 거라 생각했어. 그런데 이게 뭐야? 다 한통속이었다는 거야?"

"더 웃기는 건 천외천에서 무림의 구세주인 양 떡하니 뒷짐을 지고 신선 행세를 하면서 뒷구멍으로는 강조무벽이라는 패도를 앞세워서 무림을 통치하고 있었다는 거야! 내참, 기가 막히고 코가 막혀서!"

멍하니 듣던 정명진이 뭐라고 하려는데 눈으로 그를 제지한 운예소가 건너편에서 혼자 술을 기울이는 무림인에게 다가갔다.

"아이고, 안녕하십니까!"

"아, 근데 누구시오?"

"조카와 강호 유람 중인 서생입니다. 사해가 동도라 했는데 홀로 술을 드시기에 결례를 무릅쓰고 이리 걸음을 했습니다."

씨익―

사람 좋은 미소로 운예소 당할 사람 별로 없다. 그리고 첫인상의 중요성은 백번 말해봐야 입 아픈 일이고.

"허허, 그런데 이 못난 사람에게 무슨 일로?"

"아직 식전이면 우리와 동석하지 않겠소이까? 세상 돌아가는 얘기도 같이 나눌 겸 말이외다. 마침 오량액(五糧液)이라는 좋은 술 한 병을 가져왔기에……."

"오오, 오량액주(五糧液酒)!!"

　무인이 반색을 하자 운예소가 태연하게 그를 자리로 안내했다. 물론 거하게 안주 서너 접시도 주문하고.

　"이게 오량액주 올시다."

　손을 비비는 무인 앞에 호리병을 꺼내서 마개를 퐁, 따자 그들의 주위로 말로 표현하기 어려운 향취가 넘실거렸다.

　"역시 오량액주는 천하의 으뜸이로다!"

　무인의 말대로 운예소가 딴 술은 천하 여덟 개의 좋은 술 가운데 수위를 다툰다는 오량액주였다. 귀주를 지나다 할아버지 생각이 나서 한 병 사둔 것이었는데.

　한 잔을 받은 무인이 누가 탐낼세라, 바로 들이켜고 다시 잔을 내밀었으니 과연 오량액주의 술맛이 남다름을 알 수 있었다.

　"자자, 형씨도 한잔하시오!"

　"아, 저는 술을 마시면 온몸에 두드러기가 나는지라……."

　"이런!"

　전혀 안타까워하지 않으면서 무인이 아예 술병을 잡고 따라 마시기 시작했는데 뒤따라 나온 안주엔 젓가락질 한 번 가지 않는 걸로 보아 어지간히 오량액주가 마음에 들었나 보다.

　그렇게 혼자 권커니 잣커니 마셔대던 무인이 얼큰해지자 운예소가 다시 한 잔을 부어주며 은근히 물었다.

　"그런데 듣자 하니 강조무벽이 정씨세가의 *끄나풀*이라는 소문이 돌던데, 그게 진짜요?"

"아, 글쎄 그렇다고 하더라니까! 그 생각만 하면 내 진짜 술이 땅겨서!"

구실이 좋다.

그렇게 또 한 잔을 와락 털어 넣은 무인이 강조무벽과 정씨 세가의 관계를 나열하기 시작했는데 방금 전에 들은 것들과 별반 다르지 않은 내용이었다.

"흐음~ 그런데 어디까지나 소문이 아니겠소?"

"그렇지, 소문이지. 하지만 아니 뗀 굴뚝에 연기 나는 경우 봤나?"

가끔은 떼지 않은 굴뚝에서 연기가 피어오르는 경우도 있다.

정명진의 얼굴에 참을 수 없는 노기가 스쳐 지나가는데, 자신을 공작철수(孔雀鐵手) 이준구라고 밝힌 무인이 입술을 비죽 내밀면서 그제야 돼지고기 한 점을 입에 우겨 넣었다.

"생각해 보라고. 둘 사이에 아무런 연관이 없다면 어째서 강조무벽은 즉각적인 해명을 하지 않는 거냐고! 만약 나 같으면 바로 선을 그어버리겠다!"

"으음……."

"아무튼 일은 한꺼번에 터진다더니, 요즘이 딱 그 짝이라니까? 하남성에서 남하한다는 절세미녀의 얘기도 그렇고."

"하남성에서 남하한다는……."

"절세미녀?"

정명진과 운예소가 눈을 동그랗게 뜨자 이준구는 어처구
니없다는 얼굴로 그들을 바라보았다.

"아니, 산수유람 나왔다면서 그런 소문 하나 듣지 못했단
말이야? 이건 유람이 아니라 완전히 산골에 처박혀 있다 온
사람들 같구먼?"

입을 떡 벌리던 이준구가 오량액주 먹은 값이라며 얘기를
풀어놓기 시작했는데 그 얘기를 듣던 정명진과 운예소의 얼
굴이 점차 핼쑥해져 갔다.

"아무튼 죽여준다고 한다니까! 그 야리야리한 몸매와 끝내
주는 저음~ 단 한 번만 대해도 녹아내릴 것만 같은 고혹적인
얼굴."

"그런 사람도 있소?"

"에이……."

운예소와 정명진이 고소 짓는데 이준구가 펄펄 날뛰었다.

"허어~ 이 친구들이 아주 사람을 바보 만드네? 그 미녀가
보통 여자들과 같은 줄 알아?"

고개를 절레절레 저은 그가 천년제일미에 대해 장황하게
떠들기 시작했는데…….

"…무슨 말인지 알겠지? 그 은발을 한 번 출렁이면 천하가
진동한다고!"

"으, 은발!"

운예소의 눈이 둥그레지는데,

"그래, 은발! 그뿐이면 내가 말도 안 해요. 너무도 투명하여 한 백 년 동안은 햇빛과 담을 쌓은 듯, 그렇게 파르라니 빛나는 피부 하며!"

"백 년 동안 햇빛과 담을 쌓은 피부!"

정명진의 입이 떡 벌어지고,

"결정적으로 무림에서 행세 좀 한다는 고수들조차 손짓 한 번에 무릎을 꿇게 만드는 놀라운 내공까지!"

"아니, 그리도 아름답다는 분께서 무학까지 지고하다는 거요? 어찌 그런 일이!"

혹시나가 거의 역시나로 굳어지고 있었지만 아직 확신은 하지 못하고 운예소가 넌지시 질문을 던지자 이준구는 마치 자신의 일처럼 입에 거품을 물었다.

"일전에 하남을 쩌렁쩌렁 울리던 소림의 속가제자 일선풍(一扇風) 지도신이 그녀 앞에서 까불다 단 한 초에 바지가 벗겨져서 걸음아 날 살려라, 튀었다고 하더라고!"

일선풍 지도신이라면 선법 하나로 하남에서 세 손가락 안에 든다는 고수 중의 고수다. 소림의 진신절기를 잇지는 못했지만 가문의 비기와 소림의 기초무학을 엮어 무림의 내로라하는 명숙들을 차례로 꺾었다는 인물이거늘.

"아니, 그런 고수가 어쩌다가?"

"글쎄, 나도 정확한 연유야 모르지. 다만 지도신이 그녀의 앞에서 갖은 잘난 척을 다하다 어찌어찌 천년제일미의 탁자에 동석한 것까지는 좋았는데……."

"그랬는데?"

운예소가 얼굴을 쭉 내밀자 그만큼 얼굴을 뒤로 뺀 이준구가 입을 툭 내밀었다.

"뭐, 이런저런 말을 하다가 나이를 물었다고 하더군, 으레 그러하듯 말이야."

"나이……."

"음. 그 말을 하자마자 그녀가 예쁘게 웃으며 고개를 옆으로 숙였다고 하네. 그리고 지도신의 바지에 불이 붙어버렸다고 하더구먼."

"나이를 물으니 예쁘게 웃으며 고개를 옆으로 숙였다……."

"그래, 척 들으면 느꼈겠지만 이건 고도의 열양공력(熱暘功力)을 사용했음이지. 이를 눈치 챈 지도신이 그 자리에서 줄행랑을 놓은 거고."

언젠가의 어떤 사건을 떠올리며 어깨를 부르르 떠는 운예소였는데 이준구는 신이 나서 계속 떠들었다.

"아무튼 그 사건 이후로 그녀의 앞에서 나이라든가 기타 비스무리한 말은 금기가 되었다고 하지. 또한 그녀에 대한 무학이 사실로 입증된 순간이기도 하고. 어쩌면 현 무림의 최대 관심사는 천하제일가나 강조무벽이 아니라 그 미녀일지도 모른단 말이야!"

들으나마나! 이건 틀림없이!

정신이 아득해져서 머리를 짚는 둘이었는데 황홀한 표정을 짓던 이준구가 몽롱하게 중얼거렸다.

"아아… 나도 강조무벽에 대한 응징이니 뭐니 집어치우고 그녀나 따라다닐까? 듣자 하니 여기서 그리 멀지 않은 곳에 있다는 모양인데……."

"호오~ 그 절세의 미녀가 이 근처에 있다고 했소?"

"그렇다니까! 묘하게도 하남에서 나타났던 여인은 안휘성을 지나서 호북에 들어섰다고 했지."

이준구의 말에 운예소의 눈이 반짝 빛났다. 낙양에서 안휘성을 지났다면…….

"혹시 호북의 양양?"

"오, 모르는 척하면서도 잘만 알고 있었군 그래?"

진행 방향을 보자니 이건 설명할 필요도 없이 정명진과 자신이 이동했던 경로다. 열심히 뭔가를 궁리하는 운예소였는데 물정을 모르는 이준구가 술에 취했는지 계속해서 지껄였다.

"아무튼 이번 강조무벽 항의집회, 볼만할 거야! 모든 무림 동도들이 모여서 그들의 죄를 물을 테니 말이야! 어떤가, 자네도 동참하는 것이?"

이 모습을 물끄러미 바라보던 정명진이 불쑥 물었다.

"그런데요, 천하제일가가 무슨 죄를 그리 크게 지었다는 거예요?"

"허허, 몰라서 묻는 거냐? 무려 사백 년 동안이나 전 무림을 상대로 사기극을 벌인 건데 그 죄가 어찌 작다고 하겠냐?"

"사기극?"

"그렇지! 강호의 구성처럼 행동하고, 아무런 욕심도 없는 것처럼 뒷짐을 지고 있었지만 알고 보니 우리 무림을 대리 세력을 앞세워서 감시하고 있었지 않느냐고!"

가슴을 탕탕 치는 이준구와 달리 차가운 미소를 짓고는 정명진이 다시 물었다.

"그래서 무림에 무슨 해를 줬는데요?"

"뭐?"

"대리 세력이니 뭔지는 몰라도, 그래서 천하제일가가 무림에 어떤 나쁜 일을 했느냔 말이에요?"

"이 녀석이?"

"대답해 봐요! 얼른 대답하지 못하겠지요? 무슨 잘못을 했느냔… 읍읍!"

"아하하하하! 오늘 얘기 재미있었소이다! 이런, 조카 녀석이 졸리나 보네요. 그럼 우리는 이만!"

발작하려던 정명진의 입을 틀어막은 운예소가 이준구에게 목례를 던지고 바동거리는 꼬마 가주를 끌고 객방으로 올라왔다.

탁!

정명진을 객방으로 밀어 넣은 운예소가 주위를 확인하고 폭발 일보 직전의 어린 가주를 다탁에 앉혔다.

"흥분하지 말고 내 말 잘 들어."

"어떻게 흥분을 하지 않을 수 있어요!"

흥분하는 게 사실 당연하다. 제 가문을 욕하는데 가만히 있을 이는 없을 테니. 그렇지만 흥분하지 말아야 할 순간이 있다. 나이나 성별, 모든 것을 초월해야만 할 때가 있는 법이다.

지금이 그래야 할 때다.

"가주… 지금 우리는 마지막 기로에 서 있는 거야."

"예?"

"무슨 말인지 모르겠어? 막바지란 말이야."

"막바지…….""

이제야 감이 잡힌 듯 정명진도 흥분을 가라앉히고 다소곳이 손을 모았다. 그렇지만 아직도 들썩거리는 어깨로 보아 떨림은 진정되지 않은 성싶었다.

그래도 냉정해야 한다.

"아까 장한들이 하던 얘기의 요지는 알겠지?"

"그러니까…….""

"나쁜 얘기는 빼고 말의 요지!"

운예소의 다그침에 잠시 궁리하던 정명진의 얼굴에 놀라움이 노을처럼 내려앉았다.

"그러니까 강조무벽이 끄나풀이었다… 잠깐! 그, 그렇다면 강조무벽이?"

역시 똑똑한 아이다.

"맞아. 강조무벽이야말로 정씨세가, 즉 천하제일가의 마지막 세력, 세 개의 힘을 모아야만 부를 수 있는 네 번째의 힘이었다는 거지."

"그럴 수가……."

"그럴 수가가 아니야. 그렇게 강한 힘이었기에 선행되는 조건이 따랐던 거지."

"음… 무상 형님 말씀은 세 개의 힘을 먼저 모으라는 건 결국 그 세 개의 세력에서 지지를 끌어내야 하는 걸 선행 조건으로 달아놓았다는 말이죠?"

"바로 그거지. 이른바 견제 장치라 할까?"

정철군의 안배는 치밀한 것이었다. 후대에 있을 여러 가지 겁화들에 대한 대비책으로 문, 무상을 퍼뜨려 놓은 것은 물론 세가 내부의 역모를 염려하여 외부 세력 네 개를 안배해 놓았던 것이다.

그러나…….

자신들의 후손들이라고 모두 정인군자가 태어나리라는 보장은 어디에도 없고, 그런 사악한 후손이 외부의 세력을 동원하려 할 수도 있기에 그는 네 개의 세력이 모두 모이지 못하면 움직일 수 없다는 단서를 달아놓았다.

또한 그 네 개의 세력 가운데 가장 막강한 세력으로 암중

에 무림 전체를 총괄하게끔 만들어놓는 한편 나머지 세 개의
세력에서 지지를 얻은 자라야 알 수 있게 만들어놓았던 거
다.

강조무벽이라 불리기 이전에는 당시에 가장 강성했던 무
엇으로, 또 무엇으로⋯ 그렇게 수많은 이름과 모호한 목적으
로 네 번째의 힘은 천하제일가를 지켰고 이를 알 리 없는 무
림인들은 그들을 두려워하며 지냈었다.

"그렇군요. 그런데 강조무벽이 우리의 마지막 힘이라는 걸
어떻게 알아서 이런 소문이 돈 걸까요?"

우리도 이제 안 건데, 하는 정명진의 해맑은 눈망울이 애처
로워 운예소가 창가에 다가갔다.

"물론 가주의 삼촌을 충동질하여 정씨세가에서 변란을 획
책하고 천추산맥을 암중에 조종하여 우리를 추적했던 인물이
퍼뜨린 것일 테지."

운예소의 등판을 바라보며 열심히 궁리하던 정명진이 제
무릎을 탁 쳤다.

"그럼 가짜 영패를 미끼로 비합패를 전멸시키려 했던 사람
도 동일 인물이겠네요?"

"뭐, 비슷하다고 봐야겠지."

다소 헷갈리는 대답에 고개를 갸우뚱 움직이던 정명진이
시선을 요리조리 이동시키며 머리를 쥐어짰다. 운예소의 설
명대로라면 음모자의 윤곽이 대충 잡히는데 선뜻 입으로 말

하기 어렵다.

　창가에 시선을 던지던 운예소가 왁자지껄 소란스러운 무
림인들의 행렬을 바라보다 빙글 몸을 돌렸다.

"일단 행선지 변경이다."

"예?"

"예상보다 상대가 빨랐어. 다시 말하자면 우리가 늦었지.
그렇다고 상대가 원하는 대로 움직인다면 승부는 겨뤄보기도
전에 결정되는 것이겠지."

　무슨 말인지.

　정명진이 고개를 갸웃거리는데 운예소가 짐을 꾸리기 시
작했다.

"일단 양양으로 간다. 홀로 외로울 강조무벽에게는 미안한
일이지만."

"양양이라면 주 고모님이 계신다는?"

　정명진의 물음에 대답없이 행낭을 챙기던 운예소의 입가
에 짙은 사선이 하나 걸렸다.

"그로서는 절대 예측하지 못했던 변수지."

＊　　　＊　　　＊


　호남성 장사에서 호북성 양양까지라면 멀다고 할 수는 없
지만 적어도 하루 만에 도착할 거리는 아니었다. 그렇지만 운

예소들은 단 열 시진 만에 양양을 밟았으니 그들이 얼마나 서둘렀는지 알 수 있었다.

"아이고, 어지러워."

마차에서 머리를 내밀고 겔겔거리는 정명진에게 조금만 참으라 하는 운예소의 마음은 다급했다.

문상, 즉 초강의 전략은 놀라운 것이었다. 소문이라는 마물을 이용하여 천하제일가의 전력을 노출시킴은 물론 힘의 결집까지도 미연에 차단해 버렸으니.

물론 초강이 아무런 행동을 취하지 않았더라면 운예소와 정명진이 네 번째의 힘, 즉 강조무벽의 존재에 관해 알기 어려웠을지도 모른다.

하지만 알기 어렵다는 것과 알 수 없다는 것은 다른 얘기다. 언젠가, 어떤 경로로든 그들은 천하제일가의 네 번째 힘, 즉 강조무벽을 알게 됐을 것이다.

차이라면 시간문제였을까?

초강은 이런 과정까지 간파하고 일부러 운예소에게 강조무벽의 존재를 일깨워 주고는 소문을 이용하여 그들의 합류를 막아버린 것이다.

여론의 향배, 그리고 힘의 결집까지 단번에 결정지어 버린 초강의 계략.

그러나…….

'초강, 너도 계산에 넣지 못한 변수가 있지!'

양양의 초입부터 난리도 아니었다.

"이건……."

"…뭐래요?"

마차 한 대가 지나갈 틈조차 없다! 마차는커녕 장정 하나가 통과하기도 어려울 정도로 사람들이 모여 있는데 이건 중원의 모든 남정네들이 동원된 것만 같아 운예소와 정명진이 혀를 빼물었다.

웅성웅성—

와글와글—

뭐라고 떠드는지는 모르지만 사람들은 제각기 목소리를 높이며 열심히 지껄이고 있었는데 대부분 천년제일미에 관한 이야기라 적어도 여기서만큼은 천하제일가의 이야기가 화제의 초점이 되지 못하는 눈치였다.

"이래서야 주 고모님을 뵙지도 못하겠어요."

마차를 포기하고 인파를 헤치며 걷던 정명진이 투덜거렸다.

"으음……."

이 정도까지는 예상하지 못했던 터라 운예소도 곤혹스럽기는 마찬가지였다.

별처럼 많은 기인이사들이 출몰하고, 나타날 때보다 빠르게 지는 것이 강호의 일상사라지만 지금처럼 뜨거운 관심과 성원을 받았던 인물이 또 언제 있었을까.

"그래도 가야겠지."

정명진을 목말 태우고 끙, 힘을 준 운예소가 상체를 바로 했다. 모르긴 몰라도 주세빈 역시 그들을 찾아 나선 것일 테니 답답하긴 마찬가지일 터.

전진만이 살길이다!


힘겹게 인파를 가로지르며 걸음을 떼던 운예소가 곧 사람들의 벽을 발견하고 신형을 멈췄다.

"봉황루?"

주위를 둘러보던 정명진이 객잔의 현판을 보고 중얼거리자 운예소가 피식 웃었다. 봉황루라면 이 지역 최고 명사인 괴성의 단골집이었다는 이름값 때문에 양양에서 가장 비싼 음식점이 되어버린 곳 아닌가.

다 좋은데…….

이제부터 어찌해야 하나. 이 강대한 인파의 벽을 뚫는 것도 문제려니와 만약 이들을 넘어 봉황루에 들어선다고 해도 주세빈과 직접적으로 접촉을 할 수가 없으니.

"뭐 하세요? 어서 들어가요!"

마냥 기분이 좋아진 정명진이 철모르는 소리를 늘어놓자 운예소가 탄식을 터뜨렸다.

'어이, 가주. 지금 우리는 놀러 온 게 아니라고.'

이때 운예소와 어깨를 부딪친 장한이 목말을 타고 있는 정명진을 발견하고 파안대소를 터뜨렸다.

"우하하하! 어린 총각도 천년제일미를 배알하려 이리 왕림하신 건가?"

"아니, 그게, 저……."

당황한 정명진이 말을 얼버무리면서 손을 휘젓자 그 모습이 귀여워서 장한이 그의 엉덩이를 팡팡 두드렸다.

"됐어, 됐어! 이런 기회가 아니라면 언제 우리의 눈이 이 같은 호사를 하겠는가! 저런 미인 앞에서는 나이 따윈 숫자에 불과하다고! 암, 숫자에 불과하지!"

나이 얘기는 하지 않은 것이 좋을 텐데?

운예소가 장한을 돌아보는데 객잔의 이층에서 창문 하나가 열리자 모여 있던 사내들이 괴성을 질러댔다.

"천년제일미!"

"우오오오! 천년제일미!!"

"천년, 천년, 천년!"

과연 창문 너머로 은발을 나부끼는 여인이 그림처럼 앉아 있었으니…….

"와, 주 고모님!"

정명진이 엉덩이를 들썩거리며 손을 흔들자 깜짝 놀란 운예소가 그를 내려 버렸다.

"어, 왜 그래요?"

“쉿! 가만있으란 말이야!”

“예?”

“가만있으라고! 그렇게 설치다가 누가 보면 어쩌려고 그래?”

“왜요? 주 고모님 보고 싶지 않아요?”

“보고야 싶지……”

잠시 생각하던 운예소가 정명진의 귀를 잡아당겼다.

“좋아, 그럼 다시 목말 태워줄 테니까 소리는 지르지 말고 어떻게든 주 누님의 관심을 끌어. 그리고 알아보면 그때 주위를 한 번 둘러보고 눈 가리는 시늉을 해. 백 년 묵은 여우가 따로 없으니까 무슨 뜻인지 알아차릴 거야.”

“에……”

머리를 벅벅 긁던 정명진이 일단은 고개를 끄덕이자 덥석 그를 안은 운예소가 목말을 태우고 창가가 잘 보이는 쪽으로 걸음을 옮겼다.

“어때?”

“아주 좋아요!”

밀지 말라는 사람들의 원성을 사뿐히 즈려밟으며 목적지에 도착한 운예소와 정명진이 쾌재를 불렀다. 이곳이라면 그녀가 움직이지 않더라도 보일 테니까.

“와, 와~”

“제발 얼굴 좀 보여주시오오~!”

　사람들의 성화가 가일층 고조되자 질세라, 정명진도 손을 흔들기 시작했고 결국 은발의 미녀가 창가로 모습을 드러냈다.

　"아아~ 오늘도 잠을 이루기 어렵겠네……."

　나른하게 중얼거리면서 억지로 사람들을 향해 손을 흔들던 그녀가 어느 한 지점에서 그대로 움직임을 멈췄다.

　'주 고모니임~~~~~~~~~!'

　목소리는 들리지 않았지만 그 어떤 함성보다 크게 들려오는 외침에 그녀가 입을 가리고 깜짝 놀라다가 곧 고개를 옆으로 숙이며 해맑게 웃었다.


　거기 있었네, 어린 총각?


　"크오오오오!"

　"그, 그녀가 웃었다아!"

　"오오, 이대로 죽어도 난 여한이 없다아!"

　우릉! 휘이이잉~

　사람들이 열광을 하는데 어디선가 먼지를 동반한 일진광풍이 일었다. 감히 마주 볼 수조차 없을 정도로 강력하면서도 위험한 돌풍이.

　"뭐, 뭐지?"

　"으악! 눈 따가워!"

구경꾼들이 눈을 가리고 헤매다 바람이 잦아들고 겨우 고
개를 들었다.

그리고 창가엔 아무도 없었다.

# 第七章

이중잣대―신봉과 파괴

씽씽—

먼지를 가르며 한 여인이 달려가고 있었다. 그리고 그녀의 옆구리엔 두 명의 남정네가 볼품사납게 끼어 있었는데 표정들이 가관이었다.

"누, 누님. 어디까지 가시려고……."

거의 울상이 된 운예소가 애처롭게 묻자 여인이 부드럽게 대답했다.

"글쎄? 인기척이 없는 곳이라면 어디든 좋겠지?"

과연 백 년 묵은 불여우다. 정명진의 동작만으로 운예소의 의중을 그대로 간파하지 않았는가.

문제는…….

여기도 충분하다는 거다! 어디까지 더 가려고 이렇게 길을 재촉한다는 건가!

그러나 운예소의 생각을 눈치 챈 여인이 옅게 웃었다.

"조금만 더 들어갈 테니 그리 인상 쓰지 마."

인상이라니, 뼈도 못 추릴 것을.


이름 없는 폐찰에 들어선 여인이 그제야 운예소와 정명진을 놓아주었다.

"여기가 좋겠네."

잠시 주위를 감청하던 그녀가 예쁘게 웃자 비틀거리며 일어선 운예소와 정명진이 정색을 하고 포권으로 인사를 대신했다.

"운예소가 주 누님을 다시 뵈오이다!"

"정명진이 주 고모님을 다시 뵈어요!"

"호호호~ 인사는 무슨."

입을 가리며 짤랑짤랑 웃은 여인이 둘을 앉히고 예쁘게 옷을 접으며 앉았다.

"어디를 그리 돌아다닌 거야? 한 달 동안 찾아다녔잖아."

"죄송해요. 그게 말이에요…….."

변명하려는 정명진의 입을 손가락으로 꾹 누른 그녀가 화사하게 웃었다.

“됐어, 됐어. 책망하자고 꺼낸 말이 아냐. 예고하고 나선 길도 아닌 걸 뭐. 아무튼 이렇게 다시 만나니까 정말로 좋네.”

“저도 좋아요. 우헤헤헤헤.”

여인에게 고개를 비비는 정명진은 천상 아이였으나 운예소의 표정은 조금 달랐다.

“이것이 운명인지… 아무튼 이렇게 주 누님을 뵙게 되니 이 기쁨을 어떻게 얘기해야 할지…….”

“음?”

함초롬히 웃던 여인이 운예소를 보고 처음으로 미소와는 다른 ‘어떤 표정’을 지었다. 늘 웃음기가 머무르던 그녀였기에 이런 얼굴의 변화는 다른 이의 그것보다 더욱 두드러져 보였다.

“젊은 총각이 이 누님을 그리고 그렸다니 몸 둘 바를 모르겠는걸? 그런데 말이야…….”

다시 웃으며 여인이 운예소의 앞으로 얼굴을 가져갔다.

“그 기쁨이 단지 협곡에서 쌓은 인연에 대한 발로가 아니라 천년마녀 주세빈에 대한 것이라고 여겨지는 이유가 뭘까?”

그렇다. 당금 강호를 떨쳐 울리는 천년제일미의 주인공은 다름 아닌 천년마녀 주세빈이었다. 이제는 기억하는 이조차 드물 테지만.

“역시 누님은 속이지 못하겠습니다. 하하하…….”

쓰게 웃으며 운예소가 정명진의 신분과 정씨세가에서 그가 탈출하게 된 이유, 그리고 자신과의 어설픈 만남에 대해 털어놓았다. 물론 운예소 자신이 거짓 무상이었다는 것은 쏙 빼놓고.

"뭐라고? 그러니까 이 어린 총각이 천하제일가의 가주였단 말이야?"

"그게, 그러니까… 예."

"어이구, 아주 이 고모를 능치고 얼렀다는 얘기네? 내 진짜 어이가 없어서."

허탈하게 하늘가를 바라보다 어린 총각에게 번개처럼 알밤을 먹인 주세빈이 정명진과 운예소, 즉 이인세가의 걸어온 길에 대해 다시 물었다.

"백치곡에서 누님과 헤어지고부터 우리 이인세가의 진정한 시작이었다고 할까요……."

긴 얘기를 들으며 시시각각 변하던 주세빈의 표정이 상관추상의 죽음에서 차갑게 굳어졌고, 운예소가 초강을 돌려보낸 것에서 다시 한 번 변했다.

"역시 젊은 총각은 이성이 지나치게 발달한 게 흠이라니까."

"저기… 그 말은 제가 먼저 꺼냈는데요."

"흐음~"

정명진이 끼어들자 팔짱을 끼고 둘을 번갈아 쳐다본 주세빈이 운예소의 설명을 취합하고 놀라움을 표했다.

"초강이라는 아이, 보통내기가 아니야. 어떤 이유에서 그런 일을 벌였는지 모르지만 그 방법만큼은 기발해."

"무서운 인물이지요."

"맞아. 그 아이는 인간의 심리, 그 이면에 도사린 비겁까지도 이용하고 있어."

"인간의 심리, 그 이면에 도사린 비겁이요?"

다소 어려운 표현이라 정명진이 머리를 긁었다.

"왜, 모호한가? 그럴 수도 있지. 하지만 인간의 심리라는 게 모호한 거야. 그걸 말 몇 마디로 정의하려는 자체가 우스운 거지."

주세빈이 심유하게 눈을 빛내자 그녀를 따라 하늘을 바라보던 운예소가 고개를 돌렸다.

"그런데, 누님. 이면의 비겁이란 무엇입니까?"

"아… 그건 말이야. 가장 치사하면서도 본능적인 자기 방어를 얘기한 거야."

역시 오래 묵은 생강이 맵다. 비록 그 생강이 초야에 묻혀 세상을 등지고 살았더라도. 무려 백 년이 넘는 시간 동안 세월과 섞여 살아온 관록은 쉽게 뛰어넘을 수 없는 것이었다.

"인간은 기본적으로 자신이 하기 싫은 행동이나 생각을 타인에게 투영하고 싶어하지. 그러다 자신보다 월등히 앞선 개체를 발견하면 단순한 투영을 넘어서 그에게 행동과 사상을 전가시키려고 해. 쉽게 말한다면 떠넘기기라고 할까?"

"떠넘기기요?"

정명진이 되묻자 주세빈이 그의 머리를 쓰다듬었다.

"호호, 그래. 어린 총각은 아직 잘 모르겠지만 사람들은 왕왕 그런단다. 하여 일반인들은 자신만의 영웅이나 우상을 만들기에 급급한 거야. 그리고 그 영웅과 우상이 대중적으로 인정을 받는 순간 그에게 모든 걸 떠넘겨 버리고 남몰래 안도하는 거지. 왜? 그 영웅과 우상은 특별한 존재라 선을 그어버렸으니까."

"무슨 말씀을 하시는 건지 잘… 모르겠는데요."

"예를 들어 설명해 볼까? 정씨세가가 있어. 사백 년 전에 전륜성이라는 악의 세력에게서 무림을 구원한 정의로운 집단이. 당시 사람들의 열광과 환호 속에 정씨세가는 원했든, 원하지 않았든, 천하제일가라는 이름을 얻게 되었어. 이른바 우상, 즉 영웅이 되어버린 거지."

정명진의 얼굴에 숨길 수 없는 자부심이 일렁였다.

"그런데 이게 바로 함정이야. 사람들은 정씨세가에 천하제일가라는 호칭을 선사하면서 우상으로서의 잣대를 부지불식간에 품어버렸다 이거지. 무슨 말이냐고? 그저 전륜성이라는 집단과 싸운 것밖에는 알려지지 않았던 세가에게 엄청난 기대치를 떠넘겨 버린 거야."

잠시 숨을 고른 그녀가 바람처럼 속삭였다.

"자신들은 절대로 하기 싫고, 생각하기도 싫은 사상들을."

"그러면 이번의 일도 같은 맥락이라는 겁니까?"

"물론이야."

운예소의 말에 고개를 끄덕인 주세빈이 머리를 매만지며 중얼거렸다.

"정씨세가가 강조무벽을 대리로 앞세워 강호상에 이득을 취한 바가 무엇일까? 물질적으로나 정신적으로 얻은 건 거의 없다고 봐도 무방해. 그런데도 사람들의 공분을 샀지. 이유가 뭘까? 역설적이지만 바로 파괴의 본능이야. 그것이 우상이나 영웅처럼 범접할 수 없는 존재라면 파괴의 쾌감은 더욱 크게 다가오는 법이니까."

잠시 말을 멈춘 주세빈이 정명진에게 고개를 불쑥 들이밀었다.

"자, 그럼 사람들은 어떻게 사백 년간이나 모셔둔 우상을 파괴하려 마음먹을 수 있었을까, 마치 신주 단지처럼 모셔뒀던 영웅의 가문인데? 물질적으로나 정신적으로 얻은 이득도 없는 정씨세가에 어째서 무림인들은 돌을 던질 수 있는 걸까?"

"글쎄… 요…….."

"간단해. 그건 바로 도덕적 기준이 달랐던 거지."

"음."

운예소가 뭔가를 생각해 내며 혀로 입술을 축이자 주세빈의 말투는 건조해졌다.

"정씨세가 역시 사람과 사람이 모여서 만든 단체야. 하지만 그들은 천하제일가로 불리면서부터 일반인과 같을 수 없었지, 아니, 같아서는 안 됐던 것이야. 이번의 경우도 마찬가지로 사람들은 교활하게 자신들이 절대 이를 수 없는 도덕적 잣대와 정의감을 정씨세가에 부여하고 한 치라도 삐져 나오면 큰일 날 것처럼 짖어댄다는 얘기지."

"일종의 군중심리로군요."

"맞아. 저열한 군중심리지."

"그렇다면 우상이란……."

"허상과도 같은 거지. 눈 한 번 감았다 뜨면 사라지는 허깨비라고나 할까."

무거운 결론 뒤로 잠시의 침묵이 찾아들었다.

어느새 찾아든 어둠, 찌르레기 몇 마리가 서럽게 울어대고 밤바람에 풀잎들이 서로의 몸을 탐하는데 슬그머니 잠든 정명진의 낮은 숨소리에 적막을 지키던 주세빈과 운예소가 자리에서 일어섰다.

누가 뭐랄 것 없이 산책하듯 정명진에게서 멀어진 둘이 휘영청 몸을 사르는 달빛 아래 우뚝 섰다.

"열심히 참던데."

"예?"

"뭔가를 말하고 싶고, 또 뭔가를 숨기고 싶고. 아주 이율배반이라는 그물에 갇혀서 허우적거리는 모습이 안쓰럽기까지하던데.”

다시 말하지만 늙은 생강이 맵다. 그냥 매운 정도가 아니라 입이 떨어져 나갈 만큼 맵다.

감춰둔 속내를 뻔히 들여다보는데 뭐라고 할 것인가.

“후우~ 누님께 무엇을 숨기고, 무엇을 감추겠습니까? 그래 봐야 눈 가리고 아웅 하는 격인데.”

“호호호……”

입을 가리며 살짝 웃는 주세빈을 복잡한 얼굴로 보던 운예소가 곧 하고픈 말을 털어놓기 시작했다.

“예상하셨는지 모르겠지만 초강이라는 사내, 정씨세가의 문상으로 사료됩니다.”

“문상이라?”

눈을 깜빡이던 주세빈이 별빛 같은 눈망울을 바로 했다.

“문상이라, 문상. 내부인이라고 예상했지만 그렇게 직접적인 인물이라고는 생각하지 못했어. 그런데 어째서 문상이라 단정 지을 수 있는 거지?”

그녀가 하고자 하는 말을 눈치 채고 운예소가 슬픈 얼굴로 떠나간 이를 회고했다.

“무상도 가정할 수 있다고 하신다면 오산입니다. 그녀는 제 마음에서… 영원히 살아가게 되었으니까요.”

“그럼 상관추상이라는 아이가?”

대답없이 발로 마른 풀들을 헤집던 운예소가 고개를 들고 억지로 웃었다.

"정말로 아름다웠어요. 누님께 반드시 소개시켜 드리고 싶었는데."

"그랬나……."

"그렇기에, 그렇게 지켜내려 했던 가주였기에 미력하나마 제 손으로 돌보려고 합니다. 그리고 이번 대에 그 사슬을 끊어버리고 싶어요."

"사슬… 맞아, 초강이라는 아이가 문상이라면 그 역시 사슬을 끊어버리고 싶을 거야."

"누가 옳은 걸까요?"

운예소의 돌발적인 질문에 잠시 그를 보던 주세빈이 피식 웃었다.

"그게 아니라 누가 현명한 걸까, 겠지?"

"예?"

"결국 선악이나 옳고 그름의 정의는 개인의 몫이거든. 그걸 얼마나 일반화시켜서 상대방을 납득시키느냐로 이번 사건은 종결될 거야."

"그런가요?"

"물론 거기에 다소의 힘이 필요한 것은 사실이고."

"다소의 힘?"

곤히 잠든 정명진을 자애로운 눈초리로 굽어보던 주세빈이 운예소의 반문에 혀를 끌끌 찼다.

“또, 또, 이 아줌마의 머리 위에서 놀려고 하네? 젊은 총각,
그리 의뭉스럽게 굴면 혼나.”

“아하하하…….”

겸연쩍게 웃는 운예소를 외면하고 주세빈이 빙글 몸을 돌
렸다.

“간단하게 지금 정씨세가는 여론이 최악이야. 그렇기에 지
닌 힘조차 제대로 취합하지 못하는 형편이지. 또한 세가 내부
의 문제도 해결하지 못한 상태야. 그래서 오도 가도 못하는
진짜 가주를 데리고 젊은 총각이 이 아줌마를 찾아왔어. 근데
말이야…….”

눈동자를 고정시킨 주세빈이 운예소를 뚫어지게 바라보았
다.

“과연 우리 젊은 총각이 누님을 보고 싶어서, 그런 순수한
마음의 발로로 만사 제쳐 두고 이곳에 왔을까? 무작정 이 누
님의 강호출두가 기꺼워서?”

“아하하하…….”

“초강이라는 아이도 무섭지만 젊은 총각도 못지않은 사람
이야.”

“그래 봐야 누님 앞에서는 주름도 잡지 못합니다. 보시면
알겠지만 작금의 진행, 너무 빠르다고 생각하지 않으십니
까?”

“음?”

"초강이 자신을 문상이라 암시하고 떠난 뒤의 행보 말입니다. 그 역시 척석평에서의 싸움을 수습하는 데 어느 정도의 시간을 할애해야 할 형편인데 곧바로 소문을 냈다는 거지요. 이건 분명히 너무 빠르거든요."

"마치 무엇에 쫓기기라도 하듯?"

"바로 그겁니다!"

박수를 친 운예소가 그의 추리를 풀었다.

"어차피 주도권은 그들에게 넘어간 상태, 거기다 강조무벽을 몰랐다면 우리는 더욱 힘들었을 겁니다. 그렇게 묵혀두면서 자신을 정비하고 이번 소문을 터뜨렸다면 우리 이인세가로는 그야말로 사면초가, 대응할 방법조차 찾지 못했을 겁니다. 하지만 초강은 마치 무언가에 쫓기는 사람처럼 일사천리로 일을 진행시키고 있어요. 이건 '무언가에 쫓기는 사람처럼'이 아니라 '무언가에 쫓기는 사람 그 자체'라는 거지요."

"흐음, 그럼 초강이라는 아이를 두렵게 만드는 것이 무엇이지?"

"그야 저도 모르지요."

허탈하게 고개를 저은 운예소가 반짝 눈을 빛냈다.

"단지 시간을 최대한 이용할 방법밖엔 없지요. 현재는 우리가 한 점 먹고 들어갔습니다. 이대로 경기가 속행된다면 점수 차는 더욱 벌어질 판이지요. 하지만 그쪽 편에서는 우리의 승부수를 전혀 예측하지 못하고 있습니다."

"그래, 그래. 그만 띄워줘도 좋으니까 본론만 말해."

"에… 그러니까… 지연책을 쓰자는 겁니다. 승부를 최대한 뒤로 미루는 거지요."

"흐웅~ 거기에 나를 이용해 먹겠다?"

역시…….

얘기하기도 전에 짐작하고 있다.

"간단하게 말하면 그렇게 되나요. 하하하… 솔직히 지금 폭풍의 핵은 강조무벽도 아니고 천하제일가도 아닙니다. 바로 누님이지요. 아까 누님께서 직접 언급하셨지만 사람들은 우상을 만들고 싶어 몸살인 존재입니다. 그런데 이건 만들 필요도 없는, 우상 그 자체인 존재가 등장해 버린 것이지요. 단지 따라다니기만 해도 되는, 다른 기준은 필요도 없이 그저 모시기만 해도 되는, 그런 우상의 등장에 파괴의 본능이 옅어져 버린 거지요."

"그래서?"

재미있다는 표정으로 주세빈이 말을 받자 운예소는 목소리에 힘을 실었다.

"간단하게 말해 당분간 파괴의 본능을 억눌러 주십사 하는 것입니다. 그렇게 시일이 흐른다면 조급증에 시달리는 초강의 입장은 더욱 곤궁해질 것이고 우리 편에서는 반전의 실마리를 찾을 수 있겠지요."

"그럼 내가 아주 무한으로 가면 좋겠네?"

“아주 좋겠지요.”

태연한 운예소의 대답에 멍하니 그를 보던 주세빈이 인상을 팍 썼다.

“뻔뻔하기가 아주…….”

“아하하하…….”

이렇게 음모 아닌 음모가 무르익었지만 정작 당사자인 꼬마 가주는 너무도 달게 잠을 자느라 일의 정황조차 알 수 없었다.


“그런데 누님.”

“음?”

“이토록 폭발적인 반응에 놀라지 않으셨습니까?”

“왜?”

“끄응～”

“놀라야 했던 거야? 난 그저 세월이 지나도 사람들의 심미안은 그대로구나라는 정도를 느꼈는데?”

“예, 예, 제가 무슨 말씀을 드리겠습니까.”

“아니, 뭐 그리 힘 빠진 반응이야?”

“아뇨, 아닙니다. 그런데 중원에 나오신 이유가 뭡니까?”

“산수유람.”

“겨우?”

“그리고 어린 총각하고 젊은 총각도 보고 싶었고.”

“보시니 어떠세요?”

“여전히 불안불안하지 뭐.”

“예, 예.”

“그런데 말이야, 여전히 강호는 시끄럽네. 백 년 전이나 지금이나 똑같아.”

“인간은 불완전하니까요.”

“그러게… 그냥 나 같은 사람만 있으면 아무런 근심 걱정 없이 잘 굴러갈 텐데.”

“예, 뭐 저마다 얼굴에 금가루를 한 겹씩 두르고 다닌다는 문제점만 제외한다면 말이죠.”

“지금… 뭐라고 했어?”

“차라리 웃지를 마세요! 더 무섭다니까요!”

*　　　　*　　　　*

또다시 도망치고 있다. 도망갈 곳도 없는데 무작정 도망쳐야 하기에 미쳐 버릴 것만 같았지만 여인은 발을 멈출 수가 없었다. 그녀는 도망쳐야만 하고 도망칠 수밖에 없었으며 도망치는 것만이 자신의 전부라고 생각했기에 그냥 내달렸다.

얼마나 달렸을까.

숨이 턱까지 치받았다. 몸에서 더운 김이 아지랑이처럼 피어오르고 가슴은 찢어질 듯 아파왔지만 천 근처럼 무거운 두

다리를 억지로, 억지로 움직이며 그렇게 여인은 달렸다.

'내가 왜⋯⋯.'

사방을 가득 메운 어둠의 장막을 헤치며 여인이 이를 갈았다.

'내가 왜 도망쳐야만 하는 거야!'

우뚝!

걸음을 멈춘 그녀가 어둠의 깊은 곳에서 도사리는 무엇에 항의하듯 돌아섰다.

그 순간⋯⋯.

"도망쳐!"

언제나처럼 그녀를 재촉하는 목소리. 그러나 여전히 실체는 종잡을 수 없기에 여인이 발을 굴렀다.

"대체 누구야! 나오란 말이야!"

하지만 어둠은 무심하게도 그녀를 집어삼킬 것처럼 일렁였다.

"누구야, 취로? 그래, 취로구나!"

여인이 버럭 소리 질렀으나 어둠은 말이 없었고 그녀의 마음속 아스라이 깊은 곳에서 꾸물꾸물 어떤 감정이 기어올라왔다.

이 슬픔, 이 아련함.

'취로가 아니야⋯⋯.'

복받치는 무엇에 여인이 주저앉으려 무릎을 굽히는데 다

시 소리가 들렸다.

"도망쳐, 있는 힘껏!"

벌떡!

용수철처럼 튀어 오른 여인이 달리자 소리는 계속해서 그녀를 응원했다.

"있는 힘껏 살아남아!"

역시 취로인가?

돌아보고 싶었지만 뛰는 것만이 전부였기에 어둠을 가르며 그녀가 양팔을 벌렸다.

"난!"

어둠의 미궁, 깊이조차 아득한 미로에서 보이는 한줄기 빛. 동전보다 작은 빛의 구멍 속으로 몸을 밀어 넣으며 여인이 버럭 소리 질렀다.

"난! 살아남을 거야!"

그렇게 나락으로 떨어지는 그녀의 귓전으로 가늘게 떨리는 한마디가 걸쳤다 사라졌다.

내 몫까지…….

그리고 언제나처럼 들려오는 알 수 없는 이야기.


이제부터 우리는 셋이며 하나다. 그리고 하나이면서 셋이다.

"허억!"

가슴을 부여잡고 일어난 취접이 흥건한 땀을 닦지도 않고 어깨를 부여잡았다.

모든 것이 기억났다.

안개 너머로 흐릿했던 기억의 신기루가 또렷하게 살아났다.

그래서, 그래서 너무나 슬프고 너무나 안타까워 흐르는 눈물을 주체할 수 없다.

"이건… 아니야……."


삼 년 전이었다. 취접과 취로, 그리고 취몽이 그분들께 밀명을 받은 것이.

"맥에 알 수 없는 기운이 흐르고 있음을 알고는 있으나 우리는 사상맥칙에 묶여 움직일 수 없는 몸. 너희들이 맥의 이상한 기류에 대하여 알아보도록 하여라."

사실 맥에 문제가 생긴 건 어제오늘의 얘기가 아니었다. 다만 그분들이 나선다면 무림의 전체 판도는 걷잡을 수 없는 방향으로 흐를 테고, 사상맥칙에도 위배되는 사안이었기에 일단 세 명을 보냈던 것이다.

취로와 취접, 그리고 취몽 정도의 무위라면 어지간한 일은 처리할 거라며 그분들이 세 사람의 어깨를 두드려 주었다.

"이제부터 너희는 셋이며 하나다. 그리고 하나이면서 셋이다. 너희가 뭉친다면 무엇이 두렵겠느냐."

하지만 그분들의 계산은 처음부터 틀렸었다. 이미 맥은 어지간히 잘못된 정도가 아니라 완전히 잘못되어 있었던 상태였고, 드러난 수뇌부들 모두가 일탈을 거듭하는 실정이었다.

바로 보고했다면 문제가 없었을 텐데.

무리하게도 취몽은 맥의 과거사를 들추기 시작했고, 일탈의 뿌리를 캐고 들어갔다. 취접과 취로는 적당히 물러서길 바랐으나 남달리 사명감에 불타는 취몽을 막지는 못했다.

그러다… 그가 알게 되었다.

초강, 맥의 하부 급 주인이자 모사로 여겼던 그의 무위는 이들 셋으로도 어찌할 수준이 아니었고 무리하게 반항하던 취몽은 결국 초강의 손에 불귀의 객이 되었다.

그리고 남은 취접과 취로.

초강은 그들을 살려두었다. 나중에 부탁할 것이 있을지 모르겠다며 차갑게 웃은 초강이 취로의 몸에 금제를 가하고 돌아서는 순간 울분을 참지 못한 취접이 달려들었다.

거기까지가 그녀의 기억이었다.


"어떻게 이럴 수가……."

차라리 모든 것을 잊을 수만 있다면. 차라리 과거를 모르는 채로 백치처럼 살아갈 수만 있다면. 차라리 나동망서 취접으로 살아갈 수만 있다면.

그럴 수만 있다면 이런 아픔 따위로 가슴이 에일 일은 없을 텐데.

　술 취한 사람처럼 비틀거리며 일어서는 그녀의 품에서 미끄러지듯 떨어지는 종이 한 장. 아무런 희망도 없이 지는 낙엽처럼 그렇게 굴러 떨어지는 종이 한 장.


　이제는 더 이상 너의 손을 잡지 못하겠지.
　이제는 더 이상 너의 모습을 보지 못하겠지.
　이제는 더 이상 너의 목소리를 듣지 못하겠지.
　모든 것을 기억하는 너의 곁에 더 이상 내가 머물 자리는 남아 있지 않겠지.


　비겁하다 외면해도 좋아.
　치사하다 원망해도 좋아.
　하지만 그것이 최선이었기에 후회하지는 않아.
　먼저 간 그에게, 살아남은 너에게 당당할 수는 없겠지만 적어도 나에게는 부끄럽지 않았으니.


　이제 네가 해야 할 일이 무엇인지 알 거야. 그것만이 먼저 간 그를 위해서도, 그리고 따라가는 나를 위해서도 최선이라는 것만 알아줘.


　미안해, 그를 지켜주지 못해서.

멍하니 종이를 보던 취접이 흔들거리며 다가서는 어떤 사내의 영상에 화들짝 놀랐다. 온화하고 기품있는 얼굴의 남자는 그녀를 그윽한 눈으로 바라보다 이내 바람처럼 흩어져 버렸다.

"취몽(醉夢)……."

그래, 자신과 취몽의 사랑을 지켜주던 취로의 아픔은 생각해 보지 않았다. 언제나 함께하는 공기처럼 취로의 존재는 그들에게 부담이 없었다.

부담이.

그리고 취몽이 죽었다. 그래서 취로는 취접을 지켰다. 그녀의 기억을 금제하고 자신은 몸에 직접적인 금제를 당해서 매일 각혈을 하면서도 어떻게든 취접을 지켜낸 것이다.

취로의 최선은 그것처럼 보였지만 궁극적으로는 초강의 손아귀에서 취접을 완전히 자유롭게 하는 것이었다.

"그래서 아홉 달이 필요했던 거였어?"

초강의 눈을 따돌려 그녀의 안전을 확보할 시간. 취접의 머리를 온통 흐려놓았던 기억의 금제를 파훼할 시간. 그것이 바로 취로의 아홉 달이었다.

그리고 취로는 뒤따른다고 했다.

'난 어떻게 해야 하나?'

아마도 취로는 지금 최악의 험로를 걷고 있을 것이다. 절대로 승부가 되지 않는 싸움을 벌이고 있을 터였다. 누구도 돕지 못하는 그만의 혈로에 묵묵히 몸을 내맡기고 있을 거란 말이다.

'또 도망치라는 거야?'

최선, 최선, 최선, 최선.

과연 최선이란 무엇일까.

생존일까, 아니면 마음의 부름대로 움직이는 것일까.

고심하던 그녀가 결심을 굳히고 자리에서 벌떡 일어섰다.

"나의 최선……."

물기를 잔뜩 머금은 나뭇잎 하나가 툭 떨어지자 그것을 주워 든 취접이 물방울 안에 갇힌 세상을 바라보았다. 불룩하게 솟아 제 형체를 잃었지만 그래도 투명한 세상.

"그래, 나의 최선."

물방울을 훅, 불어 날려 버린 취접이 나뭇잎을 손에 쥐고 사라졌다. 잔인한 현실 앞에 빛이 바랜 과거, 그렇지만 그녀에겐 아직 할 수 있는 일이 있었고, 그래서 취접의 발걸음은 단호했다.

나를 위해, 너를 위해, 떠나간 그를 위해… 있는 힘껏 살아남겠어!

第八章
시간 벌기

그녀가 무한에 당도했다.

모든 강호인의 관심과 선망을 한 몸에 받으며 무림을 주유하던 천년제일미가 양양에서 홀연 사라졌다 싶었는데 무한의 한 객잔에서 모습을 드러냈던 것이다.

무한, 강조무벽과 정씨세가의 연관설 때문에 가뜩이나 무림인들이 많았던 지역. 흉흉했던 강호인들의 눈초리가 그녀를 대하면서 순식간에 녹아버렸고 무한은 거대한 시장통이 되었다.


"우우우!"

"쿠우우우!"

발광하는 사람들을 내려다보며 주세빈이 고소 지었다.

"아아, 너무 아름다운 것도 피곤한 일이야."

"피곤하시죠? 얼마나 피곤하시겠습니까?!"

영광스럽게도 그녀와 동석을 허락받은 세 명의 남자들이 고개를 조아리며 주세빈의 눈치를 살폈다.

'으음, 그저 보기 좋은 꽃이 아니야.'

강조무벽만큼은 아니지만 무한에서 나름 세력을 떨치는 천원보(天元堡)의 보주 호유철이 주세빈을 슬그머니 훔쳐보다 어금니를 꽉 물었다.

천년제일미의 소문은 귀가 따갑도록 들었지만 여색에 담백했던 그는 싸늘하게 웃었었다. 여자가 예뻐야 얼마나 예쁘겠냐는 생각이었고 마침 무한에 그녀가 입성했다는 말을 듣고는 '어디 한번'이란 생각으로 이곳, 비천루(飛天樓)에 도착했었다.

"환상주인(幻想主人)? 웃기고 있네!"

천년제일미에 관한 호칭이 환상주인으로 바뀐 건 얼마 전의 일이었다. 그녀의 아름다움을 찬미하던 이들이 천년제일미로도 모자라 환상의 주인이라며 극찬을 하기 시작했는데 어느새 그 이름이 굳어진 거다.

그렇지만 호유철에겐 가당치도 않은 호칭.

비슷비슷한 힘으로 무한에서 군림하던 규화각(葵花閣)의

주인 신상구와 장력만으로는 천하의 누구도 두렵지 않다는 귀원장(鬼猿莊)의 장주 모지현을 비천루의 앞에서 만났을 때까지만 해도 호유철의 자신감은 여전했다.

여자 밝히는 신상구야 속셈이 뻔했고, 귀 얇은 모지현이야 세상천지의 구경거리라면 사족을 못 쓰는 성격이니 그렇다 쳐도 자신만은 천년제일미의 앞에서 짐짓 태연하리라 믿었다.

그리고 비천루의 이층에 올라 그녀를 대하는 순간 호유철의 패기는 산산조각이 나버렸다. 그 역시 천년제일미를 보자마자 돌처럼 굳어졌으니까.

아름다움? 미모?

'그런 문제가 아니야!'

연신 환상주인, 즉 주세빈을 훔쳐보며 호유철이 떨리는 어깨를 진정시키려 무진 애를 썼다. 이는 신상구나 모지현도 마찬가지였는지 미인을 대하는 황홀감 따위는 적어도 그들에게 존재하지 않는 눈치였다.

"이곳은 무엇을 잘하지요?"

주세빈이 불쑥 묻자 세 사람이 합창하듯 맹렬하게 대답했다.

"이곳은 녹두활어가!"

"돼지볶음이!"

"오향장육이!"

멍하니 이들을 바라보던 주세빈이 고개를 옆으로 조금 숙이며 웃었다.

"그럼 세 가지를 모두 먹어볼까요?"

"옙!"

손까지 모으며 감사해하던 세 사람이 서로를 마주 보며 주세빈 모르게 탄식했다.

어찌 이럴 수가 있을까? 그래도 한 지역의 패자라고 자부했던 이들이었는데 이름도 들어본 적 없는 여인의 한마디, 표정 한 번에 일희일비하다니.

주문한 세 가지의 음식이 나오자 젓가락을 들고 흥미롭게 접시를 바라보던 주세빈이 먼저 오향장육이 담긴 쪽으로 손을 가져가자 그것을 추천했던 신상구의 입이 쩍 벌어졌다.

이를 한심해하던 모지현도 자신이 추천한 돼지고기볶음으로 주세빈이 손을 옮기자 고개를 들이밀며 기대에 찬 표정을 지었다.

'허어~ 저들이 여인의 손짓 한 번에 좌우될 줄이야.'

한숨짓던 호유철도 녹두활어를 맛보려 주세빈이 젓가락을 들자 기대감으로 벅차오르는 가슴을 어찌할 수는 없었다.

오물거리며 세 가지의 음식을 모두 맛본 주세빈이 젓가락을 내려놓고 생각에 잠기자 호유철들은 바늘방석에라도 앉은 사람처럼 엉덩이를 들썩거렸다.

"음……."

감았던 눈을 뜬 주세빈이 예쁘게 웃었다.

"세 가지 모두 독특한 맛이 있군요."

"오오, 감사하옵니다!"

"정말 다행이야!"

"아아, 오향장육아, 네가 나를 살리는구나!"

오향장육이 담긴 접시를 안을 듯 받쳐 올리며 신상구가 호들갑을 떨고 호유철과 모지현이 좋아서 어쩔 줄 모르는데 이를 지켜보던 주세빈이 나른하게 중얼거렸다.

"그런데 저기 깃발은 뭐지요?"

그녀의 손이 가리키는 곳에 커다란 깃발을 든 무인들이 위풍도 당당하게 서 있었다. 대략 백여 명을 헤아리는 사내들이었는데 불끈불끈 솟아오른 근육과 밝게 빛나는 안광으로 미루어 보통 고수들이 아닐 성싶었다.

"깃발… 아!"

"저것은 호화련(護花聯)을 자처하는 무리들이 자신들의 표식으로 삼은 깃발로 압니다."

"호화련?"

"아니, 호화련을 모르셨습니까?"

신상구가 깜짝 놀라자 주세빈이 눈을 가늘게 뜨며 웃었다.

"모르면 안 되나요?"

'헉!'

핼쑥해진 신상구가 커다란 잘못을 지은 사람처럼 마구 손을 휘저었다.

"서, 설마요! 모르셔도 됩니다! 그럼요, 모르셔도 되고말고요!"

"그렇군요. 호호……."

입을 가리고 웃으며 창가로 고개를 돌리는 주세빈과 안도의 한숨을 내쉬는 신상구를 번갈아 바라보던 호유철이 입술을 잘근잘근 깨물었다.

신상구가 여자에게 쩔쩔매다니. 그것도 하룻밤을 얻기 위해서가 아니라 그저 맹목적으로. 여자를 삶의 부속품 정도로 여겼던 신상구였기에 그의 이런 태도는 충격적이라 할 수 있었다.

사정은 모지현이나 호유철 자신도 마찬가지. 그들이 눈앞의 여인을 상전 모시듯 대하는 건 미모 때문이 아니었다.

'얼굴? 그런 것 때문이 아니야!'

천원보를 키우기 위해 수많은 피와 계략, 그리고 죽음의 선을 건넜다고 자부하는 호유철이다. 웬만한 이름이나 권위 가지고는 결코 숙일 고개가 아니란 말이다.

강조무벽과도 동등하게 대화하는 그였거늘.

'이 여인은 달라. 달라도 너무 다르다고!'

멀리서는 그저 아름다운 여인이었다. 솔직히 '그저' 아름다운 정도는 아니었기에, 호유철 오십 평생에 처음 본 미모였기에 가슴이 진탕됐으나 애써 웃고는 이층에 올랐다.

여인은 가까이서 대하니 더욱 아름다웠다. 조각 같은 얼굴은 물론이요, 확실한 몸매와 백치처럼 순진한 얼굴, 그리고 신비로움을 더하는 백발까지.

소문 값은 하는 정도구나, 마주 앉을 때까지만 해도 그렇게 생각했다.

일각 후…….

세 사람은 여인의 포로가 되었다. 미모나 아름다움이 아닌 마음에서 우러나는 승복이었기에 기가 막혔지만 이미 그들은 여인의 일거수일투족에 울고 웃게 되어버린 것이었다.

이제 그들에게 여인의 얼굴은 중요하지 않았다, 그저 여인이 존재한다는 것만으로 행복했으니까.

남몰래 한숨을 쉰 호유철이 바짝 쫄아 있는 신상구를 대신해서 호화련에 대해 설명하기 시작했다.

"환상주인께서도 강조무벽과 천하제일가에 얽힌 추문을 들어보셨을 겁니다."

"추문…….''

"예, 천하제일가라며 군자연한 척하던 정씨세가에서 강조무벽이라는 패도적인 힘을 앞세워 암중으로 중원을 통치했더라는 소문, 아시지요?"

"들어본 적은 있군요."

주세빈이 고개를 끄덕이자 호유철이 조심스레 말을 이었다. 이제는 아름다움을 넘어선 경외를 담고.

"정씨세가의 업적을 기억하는 강호인들은 모두 분개했습니다. 그렇지만 천하제일가의 위명은 너무도 크기에 감히 어쩌지는 못하고 강조무벽이 자리하는 이곳 무한으로 사람들이 하나둘 모여들었지요. 개중 담이 좀 크고, 무학깨나 익혔다는 이들이 강조무벽에 해명을 요구했으나 그들은 묵묵부답, 어떠한 태도도 보이지 않는 상황이었지요."

하품이 나오려 했지만 겨우 참으며 주세빈이 관심을 가지는 척했다. 이미 운예소를 통해 모두 들었지만 지금 그녀는 환상주인, 강호의 잡다구리한 일에 문외한으로 비쳐져야만 한다.

"그러니까 현재 무한은 마치 화약고와도 같은 상태였습니다. 아마 강호의 전력 가운데 삼사 할 이상이 몰려 있었다고 봐도 무방한 상태였으니까요. 왜 과거형으로 말씀을 드리느냐 하면……."

주세빈을 올려보고 호유철이 고개를 숙였다.

"그건 바로 환상주인께서 이곳에 거하시면서 무림인들의 삭막했던 가슴에 꽃 한 송이를 피워주셨다는 겁니다. 분노와 울분으로 얼룩졌던 이들의 마음에 화사한 햇살을 뿌리신 거지요."

'우상 파괴와 자기만족으로 얼룩졌던 마음이 또 다른 우상의 출몰로 들떠 버린 거겠지.'

물론 내색하지 않고 주세빈이 그림처럼 웃어주었다.

“하여 뜻있는 무림의 동량들이 이런 환상주인을 지키고자 단체를 만들었습니다. 바로 호화련이지요.”

호화련 전부가 덤벼도 주세빈의 그림자조차 잡지 못할 판이다. 하지만 그녀는 노련하게 마음을 숨기고 박수를 치며 좋아하는 시늉을 했다.

“어마~ 저 같은 사람이 뭐 대단하다고!”

“그 무슨 말씀을! 저도 내려가서 호화련에 가입하려고 합니다!”

“저도요!”

“저도!”

호유철의 말에 신상구와 모지현이 질세라 소리 질렀다. 이 모습을 즐기듯 감상하던 주세빈이 의자에서 일어나 창가로 몸을 내밀었다.

“안녕하세요~”

단 한 마디였는데 여파는 거의 살인적이었다.

“으아아아아!!”

“크오오오오!!”

몇백, 몇천의 사람들이 일제히 함성을 지르자 건물이 흔들리고 탁자에 놓여 있던 다기들이 부르르 떨릴 정도였다. 그렇지만 주세빈은 미소를 잃지 않았다.

“바, 바람이 찹니다!”

호유철이 벌떡 일어나 자신의 피풍의를 벗었지만 주세빈

은 부드럽게 거절했다. 바람이 차다니, 한겨울에도 냉수욕이 생활화된 그녀였거늘.

열화와도 같은 성원을 즐기던 주세빈이 환호 소리가 잦아들자 다시 손을 흔들었다.

"그리고 호화련 여러분도 안녕하세요~"

"오오오옷!"

"호화련 여기 있습니다!"

무거운 깃발을 들었다 내리며 머리에 띠를 두른 무인들이 펄펄 뛰었다. 이제 보니 호화련 소속의 무인들은 호(護) 자가 새겨진 띠를 머리에 두르고 있었다.

이른바 차별화일까.

아무튼 거명받은 호화련의 사람들은 좋아죽었고, 그렇지 못한 대다수의 인물들은 질시의 눈초리를 그들에게 쏟아 부었다.

"미천한 저 때문에 단체까지 만드셨다니, 몸 둘 바를 모르겠어요~"

"천만의 말씀입니다!"

"아이고, 그런 말씀은 거두어주세요!"

분위기 제대로 탄 호화련의 사람들이 환호작약, 주세빈에게 손사래를 쳤다. 이제 이들은 무한에 온 이유도, 목적도 잊고 오로지 호화련과 주세빈만을 가슴에 품은 상태였다.

군중들의 환호와 열망, 그리고 뜨거운 함성을 헤아리던 주세빈이 손을 들자 말 잘 듣는 학동들처럼 사람들은 모든 행동을 멈췄다.

"이런 마음에 저도 가만히 있을 수만은 없겠지요~?"

커다란 눈망울을 몇 번 깜빡이며 그녀가 어린아이처럼 해맑게 웃자 군웅들의 얼굴에서 강력한 기대감이 불타오르기 시작했다.

"예?"

"그, 그게 무슨 말씀이신지?"

서로 소곤거리고, 주세빈을 올려보고, 머리를 굴리고… 아무튼 부산을 떨던 사람들이 곧 입을 닫고 열망 그 자체인 눈으로 그들의 환상을 극대화시킨 마음의 주인을 쫓았다.

모든 열쇠는 그녀가 쥐고 있으니까.

"별건 아니고……."

꿀꺽―

주세빈이 입을 열자 목울대가 출렁거릴 정도로 침을 삼키며 사람들이 그녀의 말을 기다렸다.

"이렇게 강호의 영웅들이 한자리에 모이기도 쉽지 않은 일 아닌가요?"

"그렇습니다!"

"맞는 말씀입니다!"

"하여, 이번 기회에 작은 놀이마당을 열었으면 하는데 여러분들의 생각은 어떠세요~?"

“……?”
“……?”

어리둥절한 사람들을 잔잔한 눈으로 바라보던 주세빈이 마음속으로 웃었다. 이미 군중심리는 최고조에 올라 있다. 양념까지 버무려졌으니 이제 접시에 담기만 하면 된다.

“우리는 무림인 아닌가요? 무림인이라면 무로서 협을 행하고 무로서 자신을 드러내는 사람들 아니었던가요?”

“지당하신 말씀입니다!”

“그렇지요, 무림인이라면 무로서 모든 걸 말해야지요!”

그렇게 떠들던 몇몇 사람들이 마치 노랫가락처럼 ‘무로서 협을 행한다’ 라고 외치기 시작하자 최면에 걸린 것처럼 다른 이들도 그 말을 따라 하기 시작했다.

“무로서 협을 행한다!”

“무로서 협을 행한다!”

‘나른한 일상의 반복. 그렇게들 놀고 싶었던가?’

그들을 바라보던 주세빈의 얼굴에 처음으로 안쓰러운 기색이 스쳐 지나갔다.

기실 무림인들은 놀 거리가 거의 전무한 게 현실이다. 어디서 원로무인이 금분세수라도 하면 그 자리에 불려가 배 터지게 음식을 먹는 정도가 다였고, 끼리끼리 모여서 변설자들처럼 누군가를 씹어대고 술을 마시는 게 전부였으니까.

이따금 열리던 무림대회도 강조무벽이 천하를 주름잡은

뒤부터 열리지 않았으니 무림인, 특히 남성 무림인들은 마치 거세된 사람들처럼 기력을 잃고 지냈었다.

"무로서 협을 행하고, 무로서 모든 것을 말한다! 여러분, 이 사람은 여러분에게 즉석 무림대회를 개최할 것을 제안합니다!"

"즉석……."

"무림대회?"

이거 구미 당기는 일이다. 무학이 고강한 이들에게는 자신의 실력을 알릴 기회고, 그렇지 못한 이들은 볼거리가 주어지니 그야말로 누이 좋고 매부 좋은 일이 아닐까.

"전 무조건 찬성입니다!"

"저도 찬성입니다!"

"그리고!"

사람들의 말을 막은 주세빈이 품에서 무언가를 꺼내 들었다.

"제안을 한 사람으로 지켜볼 수만은 없는 노릇. 이번 대회의 우승자에게는 야명주 다섯 알과 천금을 주고도 살 수 없는 약재를 드리겠어요~"

"쿠아아아아!!"

"으으으으으으!!"

난리났다.

결국 비천루의 접시들이 팍팍 깨져 나가기 시작했지만 주세빈의 미소는 처음처럼 아름다웠다.

이를 지켜보던 호유철이 그녀의 실체를 조금은 엿볼 수 있었다.

'그래, 저 여인에게서 받은 위압감. 자연스레 남을 끌어들이는 마력. 그것은 바로 관록이야. 사람 몇 부린 정도로는 감히 꿈도 꾸지 못할 관록.'

그런데 이제 이십대 중후반의 여인에게서 어떻게 저런 관록이 흘러나온다는 건가. 너무도 자연스러워 말 한마디, 행동 하나하나에 자연스레 묻어 나오는 관록이 말이다.

"그럼 우선 대회의 일정부터 논의해 보도록 하자고!"

"일정? 그렇지, 일정부터 논의하자고!"

웅성웅성─

호화련이 중심이 되어 사람들이 떠들기 시작하자 자리를 지키던 신상구와 모지현도 슬그머니 일층으로 내려가 그들과 합류했다. 체면상 참가하지는 못하더라도 조직위원회에 이름 정도는 내밀고 싶은 눈치였다.

잠시 주세빈과 사람들의 소란을 번갈아 보던 호유철도 일층의 무리들과 합류했다.

어쩐지 그래야 할 것 같아서.

*　　　*　　　*

“뭐라고, 무림대회?!”

“그렇습니다!”

“누가 그런 걸 만든 거야? 그 빌어먹을 호화련인가 뭔가 하는 놈들인가?”

“아니, 그게… 환상주인이 직접 제안했다고 합니다.”

“끄응~”

머리를 짚으며 초강이 의자에 몸을 묻었다.

무림대회라니? 이 무슨 뚱딴지같은 얘기란 말인가. 그것도 무한에서 말이다.

“하… 정말 어이가 없군. 어이가 없는 일이야.”

예상대로라면 지금쯤 무한, 아니, 강호 전체는 강조무벽과 정씨세가의 문제로 시끄러워야 했다. 어차피 강조무벽은 느슨한 연대 관계에 불과하기에 억지로 묶여 있던 패도의 거마들이 주동이 되어 크고 작은 충돌이 시작되어야만 했다.

혼란은 혼란을 낳고, 불안은 불안을 낳고…….

한 번 시작된 의심은 걷잡을 수 없이 불타올라 무엇이 정의고, 무엇이 진실인지 모를 혼돈의 구렁텅이에서 무림은 단단히 몸살을 앓아야 한단 말이다.

그런데…….

“무림대회?”

무림대회라니. 축제가 벌어졌다는 거 아닌가. 강호의 동도들이 손에 손을 잡고 지닌바 무학을 겨루며 웃고 즐기는 놀자 판이 한마당 거하게 펼쳐졌다는 얘기다.

"그래, 환상주인의 정체에 대해 알아봤는가?"

"그, 그것이……."

부복한 인물의 얼굴에 곤혹스러운 빛이 역력했다.

"몰라? 조금의 단서라도 찾지 못했단 말이냐?"

"단서는커녕 이름조차 알 수 없었습니다."

"허허, 그야말로 땅에서 솟아났다면 몰라, 어떻게 그럴 수 있다는 말인가?"

고개를 절레절레 젓던 초강이 문득 부복한 이를 바라보며 물었다.

"설마 무학의 연혁에 대해서도 밝혀진 바가 없다는 건가?"

"그녀의 무학은 형식이 없습니다. 일정한 틀이 없으니 연혁 같은 걸 알 수가 없습지요."

"형식이 없어? 그럼 환상주인이 만류귀종, 즉 모든 무학을 하나로 집결시킬 정도라는 거야?"

"제 짧은 소견으로는……."

"허허, 자네의 입에서 그런 말이 나오다니."

이건 또 무슨 말인가. 형식이 없다니.

무학이란 기본적으로 일정한 틀에서 변형을 거듭하며 발전하는 걸 원칙으로 한다. 아무리 많은 변형을 거친다고 해도 원류에서 자유로울 수 없기에 눈썰미가 좋은 이라면 상대방의 초식을 보고 그 무학의 원형을 찾을 수 있다.

그런데 형식이 없다니. 원형이 없다니.

보고를 올리던 인물이 초강의 한탄에 고개를 숙였다. 그는 채권(蔡權)이라는 인물인데 초강이 그의 가문에서 직접 데려온 자로서 초강의 신임을 한 몸에 받는 존재였다.

"답답하기 짝이 없군. 환상주인이라는 여자가 제 마음대로 사람들을 휘두르는 동안 자네들은 뭐 한 게야? 대중들이 얼마나 우매한가를 내 입으로 직접 말해야 하나?"

초강이 제 가슴을 칠 기세로 채권을 몰아붙였다.

"손을 써보려고는 했습니다."

"그런데?"

"이미 여론은 환상주인에게 넘어가 있었습니다."

"뭐라?"

놀란 초강이었지만 채권은 차분하게 당시의 상황을 설명했다.

"며칠 전, 환상주인이 무림대회를 주창했을 때 무한에 박혀 있던 세가의 인물들을 이용하여 여론을 돌리려고 시도했었습니다. 무한에 모인 이유가 무엇이었는지 상기시키려 노력했지요."

"바로 그거야, 그런데?"

"들떠 있던 군웅들도 우리의 환기에 어느 정도 마음을 다잡아갔었지요. 그때… 그녀가 내려왔습니다."

"그녀라면 환상주인을 말함인가?"

“예.”

곤혹스러움이 역력한 채권의 표정을 보고 초강이 혀를 찼다.

“거기서 뒤집혔나 보군.”

“그녀가 나서자 사람들은 이성이고 뭐고 전부 다 집어던졌습니다. 놀랍게도 우리 측 인원들마저 그녀의 분위기에 휩쓸려 버렸을 정도였습니다.”

“어처구니가 없군. 환상주인이 무슨 사교의 교주라도 되나?”

더 이상의 설명은 필요없다. 이쪽의 마음까지 사로잡았다는데 무슨 얘기가 되겠는가.

“환상주인이라, 환상주인. 하필이면 이럴 때에…….”

탁자를 쾅, 내려친 초강이 자리에서 일어섰다.

“그래, 운예소와 그 꼬마는 무얼 하고 있나?”

“양양을 마지막으로 종적이 끊겼습니다. 아마도 비합패의 도움을 받는 눈치인데 아시다시피 낭인들의 틈바구니에 끼면 찾을 방도가 없습니다.”

“빌어먹을!”

운도 좋은 놈들이다.

이번 싸움을 준비하면서 초강은 승부수란 승부수는 모두 던졌다. 물론 절대로 지지 않을 자신이 있었기에 그리했고 변수만 없었다면 승리는 그의 차지가 확실했다.

사대 세력의 특성상 하나라도 움직이지 않으면 나머지 셋은 없는 것과 마찬가지. 아무리 여론이 불리하더라도 무리해서 정명진은 강조무벽과 접촉을 시도할 수밖에 없었고 그렇게 모은 네 개의 힘으로 천추산맥, 또는 낙양의 천하제일가와 건곤일척의 승부를 벌일 수밖에 없는 처지였다.

그때 자신이 나서면 됐다. 우세한 여론을 등에 업은 그가 적당히 포장한 천추산맥을 이끌고 사백 년간이나 강호를 호도한 정씨세가의 마지막 후예를 응징하는 것으로 이번 싸움은 대단원의 막을 내리는 것이다.

이것이 그의 각본이었거늘, 이렇게 해야만 사백 년에 걸친 사슬이 완전히 끊어지게 되는 것이었는데.

"그 망할 놈의 여자가……."

부르르 몸을 떠는 초강이었는데 채권은 보고할 것이 남아 있었는지 우물거리다 입을 열었다.

"그리고……."

"또, 뭐?"

"취로라는 자, 죽었습니다."

"취로… 음? 그 취로?"

"예."

한참을 잊고 있던 이름이다. 그들을 통해 정씨세가의 후예를 사전에 제거하려 했었는데 어쩌다 보니 직접 나서게 되어 머릿속에서 지우고 지냈거늘.

“죽었다면… 우리와 연관이 있다는 건가?”

“그렇습니다. 그자는 가주께서 제한하신 지역으로 잠입을 시도했기에 어쩔 도리 없이 손을 썼습니다.”

“제한한 지역… 가만!”

놀란 초강이 일어서서 채권의 어깨를 와락 잡았다.

“그렇다면 취접은, 취접은 어디에 있는가?”

“별다른 말씀이 없으셔서 그녀에 대한 추적은 중단된 상태였습니다.”

“이런 명청한!”

발을 구르며 한탄하던 초강이 머리를 마구 긁어댔다.

취로가 그곳으로 가려 했다. 혼자서 말이다. 내력의 운기가 거의 불가능한 금제를 받은 상태에서 그러한 행동을 했다는 것은 뭔가 믿는 구석이 있다는 반증이거나…….

‘아니면 할 일을 다 했다는 뜻!’

사실 취로의 금제는 그의 몸에 걸려 있는 것이 아니었다. 그의 곁에 있었던 취접이야말로 취로를 금제했던 초강의 무기였단 말이다.

그런데 취로가 일탈 행동을 감행했다면 취접에게서 자유로워졌다는 말이다.

“당장 취접을 찾아! 아, 아니야! 취접이 갈 만한 곳은 한군데니까 그곳만 막도록 해! 절대로 막아야 한단 말이야!”

펄쩍 뛰며 채권이 사라지자 급하게 물 한 잔을 따라 마신 초강이 중얼거렸다.

"최악이다. 이렇게 되면 쫓기는 쪽은 우리가 될 수 있어. 이를 어쩐다……."

그의 생각과는 전혀 다른 방향으로 치닫고 있는 강호정세. 안절부절못하던 초강이 깍지 낀 손에 코를 묻고 생각을 하다 곧 이번에는 삼도천의 수장들을 불렀다.

"들어서 알겠지만 우스꽝스러운 대회가 하나 벌어졌다. 그런데 이게 웃어넘길 상황이 아니야."

"예! 무한의 상황이 의도한 바와 다르게 흐른다고 들었습니다!"

산수탄주 이화평이 고개를 숙이자 유교도주와 강심연주도 같은 반응을 보였다. 이들을 내려다보던 초강이 침음을 흘리며 중얼거렸다.

"알다시피 시간을 끌면 끌수록 우리에게 불리하다. 만에 하나라도 그것이 발동한다면 자네들이나 나나 죽은 목숨이야."

순간 세 사람의 얼굴에 드리우는 공포. 초강이 언급한 그것이 무엇인지 모르지만 삼도천의 수장들이 겁을 집어먹을 정도라면 꽤나 무서운 것일 터였다.

"하지만 대회를 막을 방법은 없어 보입니다."

이화평이 겨우 대답하자 초강도 인정했다.

"그렇다고 하더군. 환상주인인가 뭔가가 아주 군웅들을 가지고 노는 모양이야. 하는 수 없는 일이지."

"그럼 어쩌시려고?"

고개를 든 이화평의 앞에 쪼그려 앉으며 초강이 사이하게 웃었다.

"최선만이 전부가 아니지. 늘 차선도 존재하는 법이야."

"그 말씀은?"

"대회 자체를 막지 못한다면 대회를 역으로 이용해야겠지. 그래서 말인데, 자네들이 할 일이 있다……."


*　　　　*　　　　*


무림대회. 지난 십여 년간 한 번도 열리지 않았던 무림대회. 천하여걸전이라는 이름으로 여인들을 위한 축제가 강조무벽의 주관하에 벌어졌었지만 그건 어디까지나 반쪽차리였고, 실질적으로 강호를 주도하는 남성들을 위한 대회는 오랜만이었기에 군웅들의 기대치는 더없이 컸다.

번갯불에 콩 구워 먹듯 대회 조직위원회가 결성되었고 일사천리로 대회 일정이 잡히자 신청서가 폭주했기에 조직위원회에서는 할 수 없이 사람을 더 뽑아야 했다.

접수자나 접수를 받는 쪽이나 이래저래 신이 나는 일.

혹자가 이런 말을 했다.

"더도 덜도 말고 무림이 오늘만 같았으면."

　　　*　　　　*　　　　*

"역시 주 누님이야."

사람들의 부산함을 건너보며 운예소가 웃자 주위를 연신 힐끗거리던 정명진이 종알댔다.

"세상에, 어떻게 단 한 마디로 이런 대회를 만들어내셨대요?"

"그러니까 주 누님이지."

"아무리 그래도……."

"아무리 그래도가 아니야. 이렇게 상황을 이끌어간 연출력을 말하는 거지."

"연출력이라고요?"

그러니까 네가 아직 애지, 라는 표정으로 운예소가 웃자 정명진이 발끈해서 통통 뛰었다.

"왜 말을 하다 말고 기분 나쁘게 그래요?"

"아니, 뭐… 똑똑한 척은 혼자 다 해도 아직 우리 가주님은 어리구나라고 생각한 정도였어."

"끄응~"

입을 툭 내미는 정명진의 머리를 쓰다듬으며 운예소가 유쾌하게 말했다. 여기서 더 놀려봐야 좋을 것 없고, 상황은 그들에게 더없이 좋은 방향으로 흘러가기에 자연 기분이 좋왔다.

"그러니까 간단하게 말해서 주 누님은 사람들의 심리를 정확히 짚어낸 거야. 분출할 곳을 몰라 헤매던 군웅들의 욕구불만을 간파하고 물꼬를 터준 격이지. 강호인들에게 남는 게 뭐겠어? 힘이거든, 힘. 그 넘쳐 나는 기운을 쓸 곳 몰라서 괜히 이런저런 소문만 돌면 우르르 몰려다니던 무림의 동도들을 위해 제대로 장을 열어준 거지."

건수를 찾아 헤매는 승냥이~ 어쩌고 하면서 운예소가 홍얼거리자 대충 의미 정도는 알아들은 정명진이 왁자지껄한 사람들을 측은한 얼굴로 바라보았다.

운예소의 말마따나 대단한 사명을 부여받은 사람들처럼 함지박만 하게 입이 벌어져 바삐 움직이는 군웅들. 너무나 기뻐 어깨춤이라도 덩실덩실 출 기세의 그들은 분명 신명이 나 있었다.

"어른이 되면 저렇게 심심한 건가요?"

"어."

의외로 간단한 대답. 그러나 운예소의 말은 거침이 없었다.

"솔직히 어른이 되면 할 게 없거든. 할 게 없다기보다 할 수가 없다는 말이 맞을 거야. 왜냐고? 제약이 너무 많아지거든. 보는 눈, 딸린 식구, 사회적 위치, 금전적인 문제… 책임이라는 올가미에서 자유롭지 못한 어른들의 운신폭은 좁아질 수밖에 없어."

"그렇군요……."

"이번 소문은 그래서 좋은 건수가 되었지. 그런데 나서려는 이가 없어 지지부진했던 거야. 먼저 나서서 정 맞기는 싫고, 누가 선동하면 따를 준비는 충만해 있었던, 그런 소시민적인 사람들에게 주 누님은 색다른 놀이거리를 제안한 거야."

아주 시의적절했지, 하며 운예소가 빙긋 웃었다.

"무상 형님… 알고 보니 능구렁이였군요."

"원래부터 능구렁이였어."

"엑!"

발작하려는 정명진의 손을 잡고 객방에 들어선 운예소가 다탁에 앉아 차를 한 잔 따랐다.

"여기까지는 우리의 계산대로 흘렀어. 아니, 주 누님의 눈부신 임기응변 덕에 예상보다 훨씬 유리한 고지를 점하게 되었지."

"그런데요?"

"초강은 바보가 아니야. 이대로 당하기만 할 것 같아?"

"음?"

초강이 바보라고 생각해 본 적은 없다. 그렇지만 무림대회는 누가 말리고 어쩌고 할 수준을 넘어선 지 오래. 제아무리 천추산맥이라도 어쩌지 못할 수순이거늘.

그런 정명진의 마음을 헤아리고 운예소가 혀를 찼다.

"누가 무림대회 자체를 훼방 놓는다고 했나?"

"그럼요?"

"무림대회의 참가 조건을 보라고. 십오 세 이상이면 소정의 시험을 거쳐서 가능. 맞지?"

"예."

"그리고 그 시험이라는 게 바위 들고 십 보 걷기, 널빤지 다섯 개로 호수 건너기, 뭐 그런 거지?"

"예."

"즉 누구나 참가할 수 있다는 거네?"

"원래 취지가 그렇… 아!"

정명진이 눈을 크게 뜨며 박수를 치자 운예소가 검지를 불쑥 들어서 흔들었다.

"이제 감이 오시나? 그 '누구나' 가 문제라고!"

"으음……."

누구나 참가할 수 있다. 바꿔 말해서 천추산맥이든, 전대거마든, 십오 세만 넘으면 모두 참가할 수 있다는 말이다. 한마디로 불순한 의도를 가진 이가 슬그머니 참가 신청을 하고 대회에 나와 깽판을 부려도 방법이 없다는 말이다.

턱을 괴고 인상을 쓰는 정명진에게 차를 따라주며 운예소가 비릿한 미소를 머금었다.

"사실 그건 별로 걱정할 필요 없어."

“예? 지금까지 그 문제를 걱정했었잖아요?”

“그냥 문제라고 했지. 내가 걱정했나? 진짜 걱정거리는 따로 있다고.”

“그게 뭔데요?”

“뭐……”

벌떡 일어서며 운예소가 창가로 갔다.

“모든 가능성을 열어둔 거니까 일단 지켜보자고.”

*　　　*　　　*

늘 그러하지만 처음 대회는 우스꽝스러울 정도였다. 이름만 대면 누군지 알 만한 이들부터 하급문파의 수문장도 해먹기 힘든 무위의 사람들이 한데 섞이니 그야말로 난장판이 따로 없었다.

그래도 모두의 표정은 밝고 유쾌했다. 정말로 놀 거리에 목말랐던 사람들답게 막싸움엔 막싸움대로, 수준 높은 비무엔 수준 높은 대로 환호하며 즐겼기에 참가자나 구경꾼 모두 한마음이 되어 축제를 만끽했다.

하나 대회의 중반으로 가면서 필연적으로 긴장감이 고조되기 시작했다.

이른바 고수들의 싸움이 시작되었기에.

"놀라운 일이로군."

전혀 놀랍지 않은 얼굴로 운예소가 중얼거리자 정명진이 뚱해져서 물었다.

"예상대로 흘러가는 판에 뭐가 놀라운데요?"

"예상대로 흘러가서 놀랍다는 거야."

"예?"

"이쯤에서 터질 법도 한데……."

"대체 무슨 말씀인데요?"

답답해서 죽을상을 짓는 정명진을 외면하고 운예소가 생각에 잠겼다. 적어도 초강 정도의 모사라면 이 정도에서 막힐 인물이 아니었기에.

"분명 움직일 시간인데……."

第九章 여론의 향배

말이 씨가 된 것일까?

대회 구 일째, 그 많던 참가자가 열여섯 명으로 추려진 날 무한의 밤을 가르는 비명 소리가 울려 퍼졌다.

"무슨 일인가!"

"모르긴 모르겠으나 금 대협의 방에서 들렸던 것 같습니다!"

구마신권(九馬神拳) 금환기. 두 주먹만으로 산동 지방을 호령하는 무인이자 이번 무림대회에서 수많은 고수들을 누르고 당당히 십육강의 반열에 오른 인물.

그런 금환기의 방에서 비명 소리라니?

대회 조직위원회의 인물들이 모여 금환기의 거처로 들이

닥쳤을 때 그들이 발견한 건 아직 굳지도 않은 시신 하나와 종이 한 장이 전부였다.


**너희는** 우리를 단죄할 자격이 없다.


"이, 이게 어떤 의미……."

종이를 들고 호유철이 침음을 흘리는데 뒤따라 들어온 사람들이 시신의 정체를 확인하고는 깜짝 놀라 뒤로 물러섰다.

"금 대협? 아니, 어떻게 금 대협에게 이런 일이!"

"허어~ 탁자가 깨진 것 외엔 너무나 깨끗하군. 무슨 일이 벌어졌던 거지?"

반항의 흔적도 없었다는 건 일격에 당했거나 약물에 의한 중독사라는 얘기. 그리고 시신의 상태로 미루어 약물의 가능성은 배제되었기에 무림인들은 뒤숭숭할 수밖에 없었다.

산동의 패자라는 금환기가 일수에 살해당하다니.

"예감이 좋지 않아."

호유철이 인상을 구겼다.

너무도 급박하게 흘러가는 강호. 부응하듯 갑작스레 결정된 무림대회. 임시방편으로 덮어두었지만 여전히 남아 있는 문제들. 그리고 살인.


금환기의 죽음으로 대회는 하루 미뤄졌다. 모두가 뒤숭숭

한 가운데 하루가 지나갔고 그날 저녁 또 한 번의 비명 소리
가 무한을 갈랐다.

"이번엔 또 뭐야?"

자다 일어난 호유철이 다급하게 옷을 입으며 불길한 가정
을 마구 피워 올렸다. 금환기의 살해 이후로 참가자의 숙소
경계 인원을 두 배 이상 늘렸거늘.

사건의 현장에 도착한 호유철은 먼젓번과 너무도 똑같은
모습에 깜짝 놀랐다. 막 살해당하여 시반조차 없는 시신, 그
리고 종이 한 장.


**너희는 우리를 단죄할 자격이 없다.**


"허어, 구마신권 금환기에 이어 철혈조(鐵血爪) 유계륵이라
는 건가?"

아무렇지도 않게 명호를 댔지만 철혈조 유계륵은 호유철
정도의 인물이 함부로 입에 올릴 사람이 아니었다.

구마신권 금환기가 비록 산동에서 힘을 쓴다지만 강소와
절강을 아우르는 고수 중의 고수 유계륵과는 차이가 나는 것
이 사실이고 호북도 아닌 무한에서 행세하는 호유철의 입장
에서 감히 대보기도 힘든 인물이었으니까.

'강호 서열 오십대고수에 능히 이름을 올릴 수 있는 유계
륵이 살해당하다니.'

　　침중하게 생각하는 호유철의 귓전으로 놀라운 이야기가
속속 들어왔다.

　　"먼젓번 금 대협의 현장과 같아. 유 대협도 반항 한번 할
사이가 없었다고!"

　　"약물 따위가 쓰이지도 않았음이 분명해! 가슴에 난 자상
에서 흘러나오는 피의 색을 보라고!"

　　'허어~!'

　　아무리 자다가 기습을 당했다고 해도, 그래서 미처 방비할
겨를이 없었다 치더라도 유계륵 정도의 고수를 일수에 저승
으로 보낼 인물이라니.

　　호유철은 그가 아는 고수들을 머릿속에서 하나하나 꼽아
보았다.

　　그리고…….

　　'없어, 이런 무위의 인물은 없다고!'

　　또한 종이의 글귀, 그것이 의미하는 바가 무엇일까?


＊　　　　＊　　　　＊


　　금환기와 유계륵의 죽음은 무림대회에 어두운 그림자를
남겼다. 대회는 무한으로 연기되었으며 조직위원회는 살인
자를 색출한다는 명목으로 군웅들에게 의심의 눈초리를 보냈
고 화기애애하던 무한의 분위기는 삽시간에 싸늘해졌다.

　문제는 두 무인의 무위와 살해 방법이었다. 강호를 종횡하던 금환기과 유계륵이었기에 그들이 일수에 당했다는 이야기가 퍼져 나가자 무인들은 혼란에 빠졌다.

　아무리 기습이라고 해도 당금 강호에서 그들을 일수에 죽일 사람이 누가 있을까? 금환기는 모르지만 대회의 우승까지 바라보는 유계륵 정도의 고수를 말이다.

　여기에 살인자가 남기고 간 문구가 결합하자 사람들의 시선은 자연스레 한 군데로 모였다.


강조무벽!


　강조무벽이라면 문구의 의미, 그리고 살인자의 무위, 이 모든 의문이 단번에 해결될 수 있었으니까.

　"맞아, 무림대회가 끝나면 군웅들의 충천한 사기가 어디로 모이겠어? 처음 무한에 결집한 취지대로 강조무벽을 다시 한번 윽박지를 테지."

　"그래, 모래알처럼 흩어져 있던 사람들이 무림대회로 한마음이 되었기에 강조무벽의 입장에선 껄끄러울 수밖에 없었을 거야!"

　"문구를 보라고! 너희는 우리를 단죄할 자격이 없다, 라니! 이건 노골적으로 우리들을 향한 분노의 표시가 아닌가!"

　온갖 추측들이 난무했으나 결론은 강조무벽 쪽으로 기울

었고 간만에 찾아온 무한의 봄은 그렇게 시들어가는 분위기였다.

한순간에 혼란스러워진 무림대회의 현장을 남몰래 보고 운예소가 무겁게 고개를 끄덕였다.

"결국 이런 식으로 치고 나오는 건가."

무림인들의 설왕설래에 울상이 되어버린 정명진이 객방에 들어서자마자 펄펄 뛰었다.

"아니, 그 사람들 바보 아니에요? 만약 강조무벽이 살인을 행했다면 내가 범인입네, 하고 자인하는 격인 종이를 남겨두겠느냔 말이에요!"

"누가 뭐라나."

팔짱을 낀 손을 뒷머리에 대고 등을 쭉 편 운예소가 담담하게 입을 열었다.

"문제는 군웅들의 심리 상태지. 논리? 그런 건 어차피 쓸모가 없어. 사람들은 눈에 보이는 대로, 자신이 경험한 범위 내에서 사고하고 결론 내리고 싶거든."

"진짜 답답하네! 나이들을 헛먹었나!"

소리 지른다고 해결될 문제가 아니다. 이대로 가다간 군웅들의 넘쳐 나는 힘이 자칫 전혀 다른 방향으로 분출될 판이니까.

그건…… 최악이다.

출렁거리는 정명진과 달리 예리하게 눈을 빛내던 운예소의 볼에 가닥 선이 그려졌다. 꽉 다문 어금니만큼이나 결의에 찬 표정으로 생각에 잠긴 그의 얼굴은 흔들림이 없었다.

"이제 우리도 반격을 해야겠지."

"예, 반격요?"

이때 유령처럼 두 사람이 나타났다.

"부르셨습니까, 가주님."

까악~

"소인들이 그만 늦었습니다."

중후~

돌아볼 것도 없이 남음대모와 북음대제다.

"어, 두 분이 여긴 어쩐 일로?"

"내가 청했어."

운예소의 대답에 정명진의 눈이 휘둥그레지는데 비조처럼 창을 넘어 들어온 중년의 사내가 한쪽 무릎을 꿇고 정명진에게 예를 표했다.

"비합패의 기추랑, 이제 도착했습니다."

"기 대협도?"


갑자기 나타난 네 사람을 황망한 움직임으로 대하던 정명진이 운예소를 노려보았다. 속에 능구렁이를 댓 마리 키운다는 건 알았지만 이렇게 사람을 놀라게 할 줄이야.

“뭐예요? 일언반구 언질도 없이… 가만?”

투덜거리던 정명진이 방금 전의 일과 눈앞의 광경을 대입해 보고는 입을 떡 벌렸다.

“설마… 예측하셨던 거예요?”

예측이 아니라 이렇게 될 수순이었어. 다만 상대의 움직임이 조금 빨랐던 것이지.

뚱한 표정으로 운예소를 바라보던 정명진이 그에게서 시선을 거두고 부복한 세 사람을 일으켜 세웠다. 일의 선후 정도는 알기에 지금 자신이 해야 할 일 정도는 인지하고 있었으니까.

재미있는 건 기추랑과 남음대모, 그리고 북음대제의 대치였는데 뭔가 대단히 신기한 것을 발견한 표정으로 두 노인을 살피던 기추랑이 남음대모의 싸늘한 시선에 얼른 고개를 돌리다 또다시 훔쳐보곤 했기에 운예소도 웃음을 머금었다.

“강호상에 수많은 기인이사가 존재한다지만 두 분이야말로 제가 본 그 어떤 사람들보다 특별하오이다.”

끝내 기추랑이 알 수 없는 소리를 늘어놓자 남음대모가 툭 쏘았다.

“애송이, 그게 무슨 의미냐?”

애송이… 당금 강호에서 기추랑더러 애송이라 할 사람이 누가 있을까. 하지만 관음의 얼굴에 한 수 접어준 기추랑이 넉살 좋게 웃었다.

“말 그대로요. 특별한 분들이라 이겁니다. 아하하핫!”

호탕한 기추랑의 웃음에 떫은 감 씹은 표정으로 남음대모가 툴툴거렸다.

“뭔가 영 껄쩍지근한데.”

이들의 아옹다옹을 지켜보던 운예소가 정색을 하며 자리에 앉기를 권했다.

“현 상황에 대하여 모두 들으셨을 겁니다.”

“음… 강조무벽이 네 번째의 힘이라니, 그게 사실인가?”

북음대제가 창노한 음성으로 묻자 운예소가 고개를 끄덕였다.

“아직 확인할 수는 없었지만 그렇다고 하더군요. 그런데 지금의 기류로는 접근할 방법이 없습니다.”

“접근해 봐야 더 골치지.”

기추랑이 손을 내저었다. 낭인패의 우두머리답게 작금의 정황을 누구보다 확실하게 짚은 그였고, 그런 관점에서 지금 움직이는 건 자승자박이었으니까.

“그래, 우리를 불러 모은 이유가 뭔가?”

남음대모의 시선이 정명진에게서 운예소에게로 옮겨졌다. 비록 가주는 정명진이었지만 대국은 운예소가 지휘하고 있었고 그들 역시 그의 존재를 인정하는 분위기였다.

“이번 무림대회… 사실 주최자가 우리 편입니다.”

“뭐?! 환상주인이 우리 편이라고?!”

“정말인가? 환상주인하고 아는 사이라는 건가?!”

느닷없이 치고 나오는 두 남자. 북음대제와 기추랑의 열기 띤 얼굴에 운예소가 입을 떡 벌렸다. 이 기세라면 금방이라도 소개시켜 달라는 말 나올 판이다.

이들의 반응에 남음대모가 차가운 콧방귀를 날렸다.

“큼, 애나 어른이나!”

“애라니! 노파의 눈엔 내가 애로 보이오?”

발끈한 기추랑이 남음대모에게 따졌다.

“내 눈엔 애야.”

“그런데 이 노파가?”

잘만 하면 제대로 한판 붙겠다.

억지로 기추랑과 남음대모를 뜯어말린 운예소가 화제를 원점으로 돌렸다.

“예, 환상주인이라는 분은 저와 꼬마 가주와 어찌어찌 끈이 닿아서 이번에 우리를 돕기 위해 무림대회라는 걸 개최한 겁니다.”

주세빈의 정체는 빼고, 그녀와의 인연에 대해 늘어놓은 운예소가 이번 사건의 이면에 관하여 설명했다.

“우상의 옹립과 파괴라… 환상주인이라는 아이, 보통 식견이 아니로구나.”

“예? 아이요?”

남음대모의 말에 정명진의 눈이 휘둥그레졌으나 운예소가

슬그머니 끼어들며 꼬마 가주의 말을 막았다. 그녀가 천년마녀 주세빈이라는 건 아직 밝힐 때가 아니라 생각했기에.

하지만 아이라니, 그건 좀 아니다.

"아, 아무튼 그렇게 된 것입니다. 한데 상대가 수를 쓴 게지요."

"이번 살인 사건 말이지?"

기추랑의 질문에 운예소가 무겁게 한숨지었다.

"그렇습니다. 어떤 식으로든 움직일 거라 생각했지만 이렇게 되어버렸군요. 살해당한 두 사람에게 미안할 따름입니다."

"그건 자네 잘못이 아니지. 어차피 무림은 온갖 음모와 술수가 판치는 곳이니까. 또한 자네가 예언자도 아닌 이상 상대편의 수를 읽어낼 도리도 없지 않나."

기추랑의 위로에 불편한 웃음으로 감사를 대신한 운예소가 세 사람을 한 명씩 바라보고 천천히 입을 열었다.

"예, 지나간 일에 집착할 시간 따윈 없지요. 그렇다면 우리가 생각할 건 상대방의 다음 행보입니다."

"다음 행보라……."

북음대제가 중후한 음성으로 말을 받자 기추랑이 손목 관절을 꺾으며 일어섰다.

"열여섯 명에 대한 자료를 볼 수 있을까?"

"이번 대회 십육강에 오른 무인들이요?"

정명진의 물음에 기추랑이 고개를 끄덕였다.

"그래, 십육강에 이름을 올린 이들. 그들에 대해서 알아야 대책을 세울 것 아닌가."

"역시 이대 낭황이라는 명호에 걸맞는 지적입니다."

기추랑의 말에 동의를 표한 운예소가 품에서 종이 한 장을 꺼내 다탁에 내려놓았다. 종이엔 열여섯 개의 이름이 적혀 있었고 그중 두 개의 이름은 빨간 줄이 선명하게 그어져 왠지 섬뜩한 느낌을 주었다.

"이것이 이번 대회 십육강, 더 정확하게 말해서 남은 열네 사람의 이름과 명호, 그리고 특징입니다."

"흐음……."

다시 앉은 기추랑이 종이에 코를 박자 남음대모도 슬그머니 머리를 들이밀었다.

"어디 보자… 어라? 이 아이들은 밥 달라고 떼를 쓰던?"

"하하하, 보타용봉도 이번 대회에 참가했지요. 아주 잘해 주고 있습니다."

"흐음, 그리고 이자는 근래에 두각을 보이는 사천쾌검(四川快劍)이 아닌가? 강호의 일엔 도통 관심이 없다고 들었는데 어쩐 일로 참가를 한 거지?"

북음대제가 고개를 갸웃거리자 남음대모가 맹렬한 콧방귀를 뀌었다.

"흐흥, 보나마나 그 여시 같은 환상주인 때문이겠지. 자고로 고추 달린 족속들은 애나 어른이나 짐승이라니까."

"그분은 제가 직접 청했습니다."

운예소의 단정한 대답에 남음대모가 펄쩍 뛰었다.

"뭐, 사천쾌검과도 아는 사이란 말이냐? 발도 넓구나!"

"아는 사이예요?"

정명진까지 합세하자 운예소가 쓴웃음을 지었다.

"가주가 그런 말을 하면 안 되지."

"제가 왜요? 왜 안 되는데요?"

"그야 가주도 익히 아는 사람이니까."

"제가 아는 사람이라고요? 사천쾌검 말이에요?"

"그렇다니까."

심드렁한 운예소의 대답에 정명진이 머리를 쥐어뜯었다.

사천쾌검을 자기도 안다니. 아무리 생각해도 답이 나오지 않는데. 강호행이라고 운예소와 동반한 것이 다인데 언제 사천쾌검과 같은 고수를 만났다는 건가.

"암만 생각해도 모르겠네……."

"몰라도 돼. 지금 중요한 건 사천쾌검이 아니니까. 자, 그럼 기 대협께선 무엇을 알고 싶어 이름을 보자고 하신 겁니까?"

"그야 다음 목표지."

"그럼 기 대협께서는 또 한 번의 살인이 벌어질 거라 예상하신다는 말씀이로군요?"

운예소의 말에 기추랑이 혀를 찼다.

"이거 보게, 예소. 뻔히 짐작하고 있으면서 나한테 반문을 하는 심보는 또 뭔가? 아주 능구렁이가 따로 없구먼."

"아, 제가요? 아하하하……."

웃음으로 얼버무리려는 운예소였는데 남음대모가 끼어들었다. 천성적으로 남 헐뜯는 것을 좋아하는 그녀였기에 이런 먹잇감을 지나칠 리 없었다.

"맞아, 저 녀석은 배에 구렁이를 한 백 마리 기르고 사는 것 같아. 아주 교활하거든. 음, 교활해."

거기서 교활까지 나오다니. 그저 다른 이들보다 조금 더 머리를 굴리는 정도인데.

겸연쩍게 웃고는 운예소가 순순히 인정했다.

"예, 저도 다음 살인이 벌어질 거라 예상은 하고 있었습니다. 두 번의 살인으로 여론을 환기시키는 데 성공한 상대방이기에 다음번의 시도로 확실하게 마무리 짓고 싶겠지요."

"마무리?"

북음대제가 묻자 운예소는 차분하게 대답했다.

"보십시오. 흥청망청 놀자 판이었던 무한이 단 두 건의 살인으로 대회 자체가 연기되었습니다. 또한 뜻 모를 두 장의 쪽지로 수면에 가라앉아 있던 강조무벽이란 이름이 자연스레 부상되었지요. 한마디로 군웅들은 자신들이 무한에 모였던 이유에 대해 상기하게 되었다는 겁니다."

"하지만 행동으로 옮기지는 못하고 미적거리고만 있었지."

기추랑의 말에 목이 마른지 차를 따라 마신 운예소가 얘기를 받았다.

"그렇지요. 명분은 있었지만 천하제일가라는 이름에, 강조무벽이라는 위력에 다들 주저하는 형편이었다, 이겁니다. 하지만 군중심리라는 뇌관에 누군가 불을 붙인다면 언제든 행동에 옮길 준비가 되어 있는 것 또한 강호인들의 속성이지요."

"해서 두 번의 거사로 주의를 환기했으니 마지막 한 번으로 뇌관에 불을 붙인다?"

턱을 쓰다듬던 기추랑이 종이에 적힌 이름들을 보다 어느 하나에서 시선을 멈췄다. 이를 본 운예소가 두 노인에게 시선을 던지며 불쑥 물었다.

"마음은 있지만 행동하지 못했던 이유는 바로 명예와 권위였지요. 그렇다면 명예와 권위를 누를 만한 소재가 무엇일까요?"

이름 하나를 뚫어지게 바라보며 기추랑이 무겁게 말했다.

"공분이겠지. 두려움마저 잃어버릴 만큼의 분노."


소요군자(逍遙君子) 남궁현무(南宮玄武).

나이 삼십사 세.

몰락한 무림맹의 중흥을 이루려는 남궁세가의 현임가주. 그의 여동생 남궁소혜는 비록 사대 천하여걸전에서 당시 무명의 상관추상에 패했으나 그 기백을 인정받아 남궁가의 이름은 더욱 높아졌음.

명호처럼 담백하고 사심없는 성격으로 무림인들 사이에서 강남 땅에 단 한 사람의 군자[江南君子], 또는 언제나 부드러운 서생[常柔書生]으로 칭송받는 인물.


"또한 강조무벽이 산동과 요녕에 힘을 쓰지 못하는 이유가 이 친구의 영도력 아래 똘똘 뭉친 오대세가의 저항 때문이고."

기추랑의 독백에 북음대제가 침중하게 중얼거렸다.

"더할 나위 없는 조건이로군."

*     *     *


남궁현무가 이번 대회에 참가한 목적은 환상주인에 대한 동경 따위와 거리가 멀었다.

강조무벽에 대한 소문으로 군웅들이 구름처럼 몰렸을 때부터 오대세가는 무한의 동태에 촉각을 곤두세웠었다. 비록 반드시 넘어야 할 장벽인 강조무벽이라지만 그들이 천하제일가와 상관이 있다면 사정이 달라지니까.

영웅은 대접을 받아야 한다. 그것이 적이라도 물러날 때는 비참해선 안 된다는 게 그의 지론이었고, 특히나 잘못된 소문, 조작된 여론에 떠밀려 퇴장한다면 빈자리를 메우는 쪽의 입장에서도 편할 리 없다.

그렇기에 확인차 방문했던 무한이었는데 뜻하지 않게도 무림대회가 열렸고, 얼마 전 철검십식을 모두 소화한 남궁현무의 입장에선 그야말로 최고의 시험대가 되었던 거다.

"이번 대회에서 우승을 거머쥔다면 유벽산에게 도전하리라!"

십육강에 이름을 올린 남궁현무의 일성에 무림인들은 환호를 보냈고, 그의 도전은 금방이라도 이루어질 것만 같았다.

그리고 대회는 무기한 연기되었다.

남궁현무의 이마에 내 천 자가 깊이 패어갔으나 강조무벽은 여전히 침묵으로 일관했고 시간은 더디게 흘러만 가고 있었다.


야심한 밤, 잠을 이루지 못하고 뒤척이던 남궁현무가 침소에서 나와 참가자들의 숙소 뒤편에 위치한 정원으로 향했다.

"하아~"

흔들거리는 별빛을 보던 그의 입에서 끝내 탄식이 터져 나오자 한줄기 바람이 풀잎을 어루만지고 사라졌다.

"어쩌자는 것인가, 대체 어쩌자는……."

이대로라면 무림대회의 무산만이 문제가 아닐 터. 무림의 거대한 축인 강조무벽이 자칫 오명을 뒤집어쓰고 몰락의 길로 치달을 공산이 크다.

사람들은 인식하지 못하고 있지만 힘의 공백은 무서운 결과를 초래하는 법이다. 당장 눈엣가시인 강조무벽이 사라진다면 그 순간만큼은 희열을 느낄지 몰라도 그들의 공백을 대체할 무엇이 없는 강호는 일대 파란이 불 터였다.

"좋지 않아. 느낌이 좋지 않아."

모든 소문엔 근원이 있는 법. 그런데 이번 소문은 근거 자체가 없었다. 그저 당사자의 침묵으로 사실처럼 굳어졌을 뿐, 어떠한 물증도 존재하지 않았다.

그래서 걱정하는 거다.

아무런 증거도 없이 어떻게 이런 소문이 돌았다는 건가. 만약 그 소문이 사실이라면 이건 내부자의 고발이거나 철저한 계산에 의하여 퍼졌다는 얘기다.

철저한 계산. 소문의 주체가 강조무벽과 천하제일가를 목표로 한 이상, 소문을 퍼뜨린 이는 그들을 끌어내림으로써 어떤 식으로든 이득을 취할 심산일 터.

그리고 그 이득이란 불을 보듯 뻔하다.

"답답한……."

망연히 서 있던 그가 희미한 인기척에 고개를 돌렸다.

"누구냐?"

스슥―

움직임은 있으되 대답은 없다!

'자객?'

눈썹을 세우는 순간 남궁현무의 손은 이미 검 자루를 쥐고 있었다.

자객이라니. 설마 자신을 노렸다는 건가? 그렇다면 정말로 강조무벽에서 일을 벌이고 있다는 얘기인가?

"잠행자는 썩 나서라! 이 남궁현무, 하늘을 우러러 한 점 부끄럼이 없다고는 말을 하지 못하겠지만 적어도 자객의 습격을 받을 만큼 나쁜 짓은 하지 않았다고 자부한다!"

우웅―

공력을 돋운 그의 외침에 공기마저 가볍게 떨렸다. 그러나 잠행자는 여전히 그의 주위를 맴돌 뿐이었다.

"셋을 셀 때까지 나서지 않는다면 내가 찾아낼 것이다! 하나!"

순간.

슉!

엄청난 속도로 무언가가 들이닥쳤고 황망하게 피하며 남궁현무가 노호성을 질렀다.

"이놈!"

챙!

놀라운 속도로 검을 쳐내는 남궁현무의 반격은 실로 놀라웠으나 습격자의 움직임은 더욱 빨랐다.

스슉!

다시 날아온 무엇. 놀랍게도 그건 손이었다.

'육장으로 내 철검을 받아내겠다는 건가?'

일견 황당하고 일견 어이없었지만 침착하게 남궁현무가 칼을 휘둘렀다. 그의 예상대로 상대방이 자객이라면 일수에 철혈조 유계륵을 명부로 인도했던 자다.

절대 무시할 수 없다!

"타아앗!"

전 공력을 실은 칼로 철검십식의 후반부 세 번째 초식인 함천세(含天勢)를 펼쳤다. 너무도 광활하여 하늘마저 품에 안는다는 함천세는 일수에 무려 열두 번의 변화를 준다는 변환식이었다.

슉—

그러나 상대의 손은 열두 번의 변화를 뚫고 남궁현무의 앞에 불쑥 나타났다.

'이, 이럴 수가!'

깜짝 놀라는 남궁현무의 입을 덥석 덮어버린 손의 주인이 월광을 받으며 천천히 모습을 드러냈다.

"조용히."

"……!"

본의 아니게 입이 틀어막혔지만 상대의 말투, 그리고 움직임을 볼 때 살의가 없음을 감지하고 남궁현무가 칼을 내렸다.

"결례를 용서하십시오, 남궁 대협."

　슬그머니 손이 치워지자 남궁현무가 습격자를 찬찬히 뜯어보았다. 차분히 가라앉은 눈동자와 맑은 눈망울은 그가 사람 죽이는 일을 업으로 할 사람이 아니라는 표시였고 단단한 턱 선은 습격자의 곧은 심성을 반영했다.

　'대체 이자가 누구기에 맨손으로 철검십식을 깨뜨렸다는 건가.'

　남궁현무가 비록 천하제일의 고수는 아니더라도 나름 강호에 이름을 올려놓은 사람이고, 그의 철검십식이 아직 대성의 단계는 아니지만 능히 천하를 떨쳐 울릴 검법이거늘.

　잠시 상대를 바라보던 남궁현무가 등을 돌렸다.

　"따라오시게."

　"예?"

　"청하지도 않았는데 방문했다 함은 나를 죽이려는 목적이거나 또 다른 볼일이 있다는 것. 하나 자네는 내게 살의를 품지 않았으니 어떤 식으로든 대화를 수반해야 목적을 이룰 테지. 그리고 이런 야심한 밤을 택했다는 건 사람들의 이목을 저어했다는 얘기인데 이렇게 탁 트인 곳에서 계속 시간을 지체할 텐가?"

　습격자의 눈에서 '과연' 이란 눈빛이 흐르는데 그의 뒤에서 두 개의 신형이 나타났다.

　"흐음~ 계약직무상이라 얕봤는데 사람 보는 눈 하나는 확실하구나."

관음의 얼굴을 한 노부인의 까마귀 같은 음성에 적응하지
못하고 남궁현무가 눈을 커다랗게 뜨는데 딱 오뚝이의 형상
인 노인의 입에선 관운장도 울고 갈 정도로 듣기 좋은 음성이
터져 나왔다.

"이렇게 훌륭한 인재가 선두에 있다면 무림맹의 미래는 참
으로 밝구나!"

"실례지만 두 분은 뉘신지?"

남궁현무의 질문에 관음의 노부인이 키득거렸다.

"네 말대로 이런 곳에서 시간을 죽일 필요가 있겠느냐? 내
가 봐둔 곳이 있으니 그리로 가자꾸나."


대회 참가자들의 거처에서 조금 떨어진 관제묘로 자리를
옮긴 네 사람이 주변을 확인하고 자리에 앉았다.

"먼저 제 소개부터 하겠습니다. 저는 이인세가의 임시무상
인 운예소라고 합니다."

"능소능대? 자네가 능소능대 운예소 본인이라는 건가?"

남궁현무가 깜짝 놀라 그를 다시 보자 운예소가 고개를 끄
덕였다.

"예, 제가 운예소입니다. 남궁 대협께서 미천한 이름을 알
고 계실 줄은 미처 몰랐습니다."

"아니지, 아니야. 사도세가의 운남청천을 일권으로 제압한
능소능대를 모를 강호인이 누가 있겠나!"

그렇게 운예소의 소개를 받은 남궁현무가 두 노인에게 시
선을 던졌다. 너무도 기이하여 신경을 쓰지 않으려 해도 쓰지
않을 수가 없는 노인들이었기에 자연 눈이 돌아간 것이다.

"그놈 참, 우리를 무슨 기이한 물건 대하듯 하는구먼."

관음 노부인이 입맛을 다시자 오뚝이 노인이 자신들을 소
개했다.

"우리는 풍도에서 왔다네. 나는 북음대제라 하고 나이에
맞지 않게 새침을 떠는 노파가 남음대모지."

"자연스레 흘러나오는 거야, 새침은 무슨."

남음대모가 콧방귀를 뀌자 남궁현무의 눈은 더욱 커졌다.
그도 그럴 것이 전설상에서나 존재한다는 풍도의 사람들을
직접 만나는 것인데 놀라지 않으면 이상한 일일 터.

"죽은 지 삼 일이 지나지 않으면 살려낸다는 그 풍도에서
오셨다는 겁니까?"

"그렇다니까. 그놈 생긴 것답지 않게 의심도 많군."

남음대모가 툴툴거리자 잠시 생각을 정리하던 남궁현무가
운예소를 바라보았다.

"오늘 내가 십 년치의 경악을 모두 써버리는 듯하군. 그래,
나를 찾아온 목적이 뭔가?"

남궁현무의 시선을 담담히 받던 운예소가 결심을 하고 입
을 열었다. 이런 상대에게 괜히 말을 돌리고 비비 꽈봐야 얻
을 것이 없다고 판단했던 것이다.

"그럼 단도직입적으로 말씀드리겠습니다. 남궁 대협께서는 이번의 암살이 정말로 강조무벽에서 행한다고 생각하십니까?"

"흐음……."

먼 곳을 응시하던 남궁현무가 고개를 저었다.

"난 그렇지 않다고 보네."

"왜 그렇게 생각하십니까?"

"얻는 것이 적고 잃은 것이 많아. 적어도 강조무벽이라면 이렇게 간단한 패착을 둘 거라 보지 않기 때문이지."

"그렇군요."

고개를 끄덕인 운예소가 이인세가, 더 정확히 정명진의 본 내력을 말했다.

"설마? 그것이 정녕 사실이란 말인가?"

"또한 강조무벽이 천하제일가의 숨겨진 네 번째의 힘도 맞을 것입니다."

"호오~ 그런 비사(秘事)가! 그렇다면 소문이 사실이었다는 말 아닌가!"

"그렇지요. 문제는 그 소문의 목적성이겠지만."

"목적성?"

고개를 갸웃거리는 남궁현무에게 주세빈에게서 들었던 우상의 옹립과 파괴에 관한 이야기를 해주고는 운예소가 장탄식을 터뜨렸다.

“이건 정상적인 상황이 아닙니다. 군웅들은 자신의 판단 따위와는 상관없이 그저 여론이 이끄는 대로 움직이는 실정입니다.”

“음… 그렇다면 자네는 이번 암살의 주역이 누구라고 생각하나?”

“물론 짚이는 바가 있습니다. 그렇지만 입증할 방법이 없는 것이 현실이지요. 그래서 말씀드리려 하는데…….”

숨을 고른 운예소가 남궁현무를 직시했다.

“남궁 대협, 이 비정상적인 상황을 바로 하기 위해서는 남궁 대협의 도움이 필요합니다!”

“내 도움? 아니, 능소능대의 이 초도 제대로 받아내지 못하는 내가 이런 난국에서 무슨 도움이 될 거라 생각하는가?”

“그건… 남궁 대협이기 때문입니다.”

“나라서?”

“그렇습니다.”

주먹을 쥔 운예소가 목소리에 힘을 실었다.

“불행히도 암살자의 다음 목표는 남궁 대협이 될 가능성이 큽니다. 큰 정도가 아니라 거의 확실시됩니다.”

“어째서? 어째서 나라는 거지?”

알 수 없다는 표정으로 눈을 깜빡이던 남궁현무가 뭔가를 생각해 내고 찜찜한 얼굴이 되었다.

“강조무벽과 힘을 겨루는 나머지 두 개의 세력 가운데 하나의 수장이라서 그런가?"

"또한 인품 때문이지요. 누구나 인정하고 존경하는 심성의 남궁 대협이기에 만약 대협께서 살해당하신다면 군중들의 분노는 천하제일가와 강조무벽의 권위라는 제방을 능히 타넘게 될 테니까요."

"음… 그렇게 되어가는 건가…….."

팔짱을 끼고 이런저런 생각을 하던 남궁현무가 정색을 하고 물었다.

"내게 원하는 것이 뭔가?"

남궁현무의 질문에 운예소가 일어서서 정중히 포권을 했다.

"남궁 대협! 초면에 결례라는 것은 알지만 이 미쳐 돌아가는 무림을 위해 한 번만 희생해 주시겠습니까?!"

"희생이라…….."

이때 남음대모와 북음대제도 일어서서 남궁현무에게 포권을 했다.

"그래, 남궁가의 아이야. 우리도 이렇게 부탁한다."

"자네만이 할 수 있는 일일세!"

잠시 세 사람을 바라보던 남궁현무가 자리에 앉기를 권했다.

"일단 얘기를 들어보도록 하지요."

第十章
사상맥치, 그리고 처음으로.

“크아악!”

또 한 번의 비명성이 무한의 밤하늘을 갈랐다. 이번의 비명은 마치 절규와도 같아서 아스라이 퍼져 가는 울림에 잠을 청했던 군웅들이 치를 떨 지경이었다.

“뭐냐, 또 무슨 일이냐!”

버선도 신지 못하고 뛰쳐나온 호유철이 이를 부드득 갈았다.

아직 끝나지 않은 비극이라 생각한 건 호유철만이 아니었기에 참가자들의 숙소 경비는 무려 세 배가량 늘려놓은 상태였고 참가자들 역시 경계의 끈을 놓지 않았던 상태였다.

그런데 비명이라니, 또 살인이 벌어졌단 말인가!

"어디야? 어디냐고!"

"그, 그게……."

숙소 경비를 맡았던 무인 중 하나가 호유철의 호통에 침을 꿀꺽 삼켰다.

"그게, 저… 남궁 대협의 숙소라 합니다."

"뭐라고? 소요군자 남궁현무, 남궁 대협 말인가!"

머리를 짚으며 호유철이 털썩 주저앉았다.

남궁현무라니, 하필이면 남궁현무라니! 비록 나이는 젊지만 그 인품과 든든한 배경 때문에 무림인이라면 누구나 한 수 접어준다는 남궁현무이거늘.

하필 남궁현무가 살해당했다니.

"안 돼, 이건 절대로 안 될 일이야!"

부들부들 떨던 호유철이 벌떡 일어서서 쏜살같이 달려나갔다. 만약 남궁현무가 살해당한 것이 맞다면 대회 조직위원회 역시 책임을 회피할 길이 없을뿐더러 군웅들의 분노는 통제하기 힘들 것이다.

남궁현무의 숙소 앞엔 어느새 구름처럼 사람들이 몰려 있었다.

"비켜! 비키란 말이다!"

군웅들을 뚫고 방으로 들어선 호유철이 처참한 광경을 목도하고 그만 발을 쾅, 굴렀다.

"제기랄!"

남궁현무는 죽어 있었다. 칼집에서 칼을 뺀 그대로 당한 듯 반항의 흔적은 미약했고 가슴에 아로새겨진 자상에서 끊임없이 피가 흘러나오고 있었다.

억울함을 호소하듯 부릅떠 있는 남궁현무의 두 눈을 감기며 호유철이 탄식처럼 내뱉었다.

"이제 무림은 끝장이다……."

*　　　*　　　*

다음날부터 무림대회는 강조무벽과 천하제일가 규탄 대회로 바뀌었다. 비무를 위해 세운 단과 대에는 그들을 성토하기 위해서 사람들이 올랐고 누구도 그것을 저지하거나 막지 않았다.

"이제 강조무벽은 자신들의 죄를 인정하고 무릎을 꿇어야만 합니다, 여러분!"

"정씨세가는 뒤꽁무니에서 더러운 수작을 그만 부리고 이실직고하라!"

모두의 두 눈엔 핏발이 서 있었고 군웅들의 몸을 감싼 이상 열기는 무한을 활활 태울 기세로 충천했다.

"엄청난 응집력이로군."

군웅들 속에 몸을 숨긴 기추랑이 고개를 젓는데 역시 파묻혀 있던 운예소의 눈에 기광이 번뜩였다.

"이제 슬슬 시작할 모양입니다."

그의 말이 떨어지자마자 어디선가 곡소리가 들리며 사람들이 관 하나를 떠메고 대회장을 돌기 시작했다.

"아이고, 남궁 대협!"

"이게 무슨 일입니까, 남궁 대협!"

남궁현무의 본 가에 바로 기별이 갔지만 남궁세가의 사람들이 무한까지 사흘 만에 도착할 수는 없는 일. 하는 수 없이 삼일장을 지르고 관을 남궁가로 보내기 전에 군웅들과 마지막 작별을 고하는 것이었다.

"어쩌다 이런 일이!"

"하늘 아래 법 없이 살 수 있는 분이었는데!"

역시 사람은 죽어서 이름을 남기는가. 그야말로 엄청난 애도를 받으며 남궁현무의 관은 천천히, 아주 천천히 장내를 돌았다.

그렇게 돌던 관이 단상 아래에 머무는 순간 누군가가 비무대로 뛰어올라 갔다.

"여러분! 이대로 두고만 보시겠습니까? 저들의 만행은 이미 하늘도 좌시하지 못할 수준인데 무로서 협을 행한다는 우리 강호인들이 강조무벽이라는 이름에 눌려 이렇게 또 참기만 해야겠습니까?"

"아닙니다!"

"와~!"

사내의 목소리는 그리 크지 않았지만 묘한 떨림을 가진 음성이었기에 어쩐지 가슴 저미는 효과를 주었고 가뜩이나 고조됐던 중인들의 감정은 마침내 폭발하였다.

"가자, 가서 강조무벽에 따지자!"

"비록 강조무벽이 세다고는 하지만 우리도 뭉치면 두려울 것이 없다!"

"철저하게, 낱낱이, 하나하나 죄를 묻자! 그리고 우리 손으로 직접 벌을 내려서 그들만의 강호는 없다는 걸 알려줘야만 한다!"

벌겋게 상기된 군웅들이 병장기를 치켜들고 환호하기 시작했다. 규탄 대회는 점점 출정 대회로 성격이 변질되었고 사람들의 가슴엔 웅심이 피어오르기 시작했다.

그러나 달아오른 열기와는 달리 저마다 눈치만 살필 뿐, 어느 누구도 먼저 발을 떼지는 못했으니 아직은 분노가 제방을 넘을 수준은 아니었나 보다.

단 한 걸음, 누군가 떼는 단 한 걸음이 무림의 판도를 바꿀 수 있는 순간이었다.

이때…….

"무엇을 주저하는 것이오?"

어디선가 낭랑한 음성이 들려 사람들이 고개를 드는데 허공에서 몇 개의 인영들이 떨어져 내렸다.

"아니, 저자는?"

"기산자가 아닌가?"

"여기저기 간섭하기 좋아하고 얘기를 비틀어서 사람 열받게 만든다는 그 기산자?"

그들의 말대로 세 사람의 호위를 받으며 나타난 이는 다름 아닌 기산자였다.

기산자. 무학으로는 별 볼일 없지만 강호 방방곡곡을 돌아다니며 이런 일, 저런 일에 얼굴을 들이밀어 은근히 유명해진 인물.

"저자가 여기는 어쩐 일이지?"

"또 무슨 시빗거리를 찾아서 나타난 거야?"

이런저런 말들이 오가는 가운데 기산자가 천천히 대 위에 올랐다.

"그렇습니다! 여러분들 말씀대로 간섭이나 하면서 사람들 약 올리기를 일삼던 기산자가 바로 저올시다!"

웅성웅성―

나름 유명하긴 하지만 그래 봐야 변설자 수준이라 생각했던 기산자였기에 모두가 의혹의 시선을 대 위에 보냈다.

"그래도! 그래도 이 참견쟁이 기산자도 웅심은 있습니다! 여러 군웅들이 피 끓는 애도를 보노라니 세상을 조롱이나 하면서 살았던 이 사람, 부끄럽기 한량이 없습니다!"

고개를 숙이고 말을 멈추었던 기산자가 번쩍 얼굴을 쳐들었다.

"하여!"

느닷없이 바뀐 기도. 그저 참견꾼이었던 기산자의 몸에 웅혼한 기상이 어리며 그의 장포가 미친 듯이 펄럭였다.

"이 기산자, 미력한 힘이나마 보태어 무림의 정의를 바로 세우겠습니다. 예, 제가 앞장선다는 말입니다! 강조무벽이라는 거대한 힘, 정씨세가라는 권위! 제가 앞장서서 깨뜨리겠습니다!"

느닷없는 등장만큼이나 황당하기까지 한 일장연설. 모두가 어이없어하는데 한 사람이 툭 튀어나왔다.

"흥, 기산자 따위가 함부로 나설 자리가 아니지."

그는 오십대의 장한이었는데 부리부리한 눈과 커다란 도끼가 인상적이었다.

"흐음, 당신은 절강의 천뢰부(天雷斧) 막불귀가 아니오?"

기산자의 중얼거림에 장한이 두 다리를 떡 벌리고 웃었다.

"그래, 내가 막불귀다!"

순간 군웅들 사이에 큰 소동이 벌어졌다.

"마, 막불귀라고!"

"천뢰부라니, 삼십 년 전에 사라졌던 그 막불귀?"


막불귀. 기산자가 아무렇지도 않게 올린 이름이지만 막불귀는 그리 간단한 인물이 아니었다. 삼십 년 전만 해도 한 자루의 도끼로 거의 무적을 구가했던 절정의 무인이 바로 그였다.

천하제일까지 꿈꾸었던 그의 침뢰부법(浸雷斧法)에 무수한 고수들이 희생되었고, 막불귀는 절강을 넘어 금방이라도 무림을 석권할 기세였다.

그런 그를 막은 이가 바로 강조무벽주였다.

당시 강조무벽은 호북과 호남을 넘어 안휘성과 절강성의 패도 세력들을 하나하나 잠식해 들어가는 입장이었으니 자연 막불귀와 대치할 수밖에 없던 상황이었고 강조무벽의 고수들은 필연적으로 막불귀의 수하들과 충돌하게 되었었다.

그리고 막불귀의 등장으로 강조무벽의 팔십여 무인들은 그의 도끼 아래 유명을 달리했고 적어도 절강만큼은 강조무벽도 별수없어 보였다.

자신만만한 막불귀의 앞에 전해진 봉서 한 통. 물론 발신인은 강조무벽주였고 이참에 천하제일의 반열에 오르리라는 부푼 기대를 안고 막불귀는 강조무벽주가 지정한 장소로 향했다.

그 이후로 지난 삼십 년 동안 막불귀를 본 사람은 아무도 없었다.


사람들의 소란을 즐기는 듯 게슴츠레 눈을 감았던 막불귀가 곧 비무대 앞으로 천천히 다가섰다.

"자, 이제 내가 누군지 알았으면 썩 단 위에서 내려와라."

광오하게 서 있는 막불귀를 바라보던 기산자가 고개를 갸웃거렸다.

"당신이 막불귀라는 건 알겠는데 그것과 이 기산자가 단 위에서 내려와야 하는 상관관계는 무엇이오?"

도통 알 수 없다는 듯 연신 갸우뚱거리던 고개를 바로 하고 기산자가 손뼉을 쳤다.

"아, 혹시 당신은 높은 곳을 좋아하오? 바로 그것이었구려! 허허, 진작 그렇게 말했다면 양보했을 텐데. 앞으로 좋아하는 것이 있으면 계집아이처럼 내숭을 떨지 말고 바로바로 말하도록 하시오. 나이도 먹을 만큼 먹은 남자가 그 무슨 추태요?"

"지금 계집아이의 추태라고 했느냐?"

기산자의 뻔뻔한 조롱에 막불귀의 눈에서 화광이 일렁였다. 비록 삼십 년 전에 본의 아닌 반은거에 들어갔다고 해도 여전히 막불귀라는 이름은 공포 그 자체로 군림하고 있거늘.

기산자 따위가 감히!

단 위를 노려보던 막불귀가 등에 매달려 있던 도끼를 천천히 뽑아 들었다.

쿠르릉!

그가 공력을 운기하자 한줄기 벼락이 떨어지는 소리와 함께 막불귀의 신형은 금빛으로 물들었다.

"오오, 저것은 천뢰부의 독문강기인 뇌락진공(雷落震功)이 발현된 상태가 아닌가!"

"삼십 년 전의 그것보다 더욱 환해졌는걸? 천뢰부의 내공이 한층 깊어졌음이야!"

고리눈을 번뜩이며 금빛으로 온몸을 감싼 막불귀의 모습은 금강야차의 그것처럼 무시무시했다. 금방이라도 쏘아져 나갈 것만 같은 도끼는 모든 걸 베어버릴 기세로 번들거렸고 완강한 어깨는 불끈불끈 숨을 토하고 있었기에 쳐다보는 것만으로 위압감을 안겨주었다.

"내려와라, 애송이. 그 입처럼 몸도 빠른지 한번 보자."

"내려오라……."

길게 말을 늘이던 기산자가 뒷짐을 지고 느린 걸음으로 단 위에서 내려와 막불귀의 앞에 섰다.

"자, 이제 무엇을 할 셈이오?"

약간 쳐들려 일견 오만하기까지 한 기산자의 턱을 바라보던 막불귀가 음산하게 웃었다.

"흐흐… 너를 죽여야겠지."

스악!

말과 함께 막불귀의 도끼가 빛살처럼 쏘아졌다. 그저 일직선으로 뻗어나간 도끼였지만 그 속도가 엄청났기에 중인들은 왈칵 눈을 감았다.

그러나…….

"느리군."

차디찬 한마디와 함께 기산자가 빙글 몸을 돌리자 막불귀의 도끼는 어이없게도 허공을 갈랐다.

"이놈!"

급히 발끝으로 몸의 중심을 잡은 막불귀의 도끼가 유려하게 회전하며 다시 기산자를 노렸다.

사악!

파공성마저 잘라 버릴 예리함으로 짓쳐드는 도끼!

촤촤촤!

그런데 기산자의 앞에 이른 도끼가 유려하게 흔들리기 시작하자 느닷없이 수천만 가닥으로 갈라지며 장내는 온통 도끼의 그림자[斧影]로 가득 찼다.

이것은 막불귀의 침뢰부법 가운데 무섭기 그지없는 천참만부(天斬滿斧)였다.

온 천지를 감싸 안은 도끼의 기세는 능히 하늘마저 베어버린다, 라는 말을 남긴 막불귀의 절초, 천참만부!

이것을 피할 사람은 그 어디에도 없어 보였다!

하지만 기산자는 엄밀하게 들이닥친 도끼의 세를 보다 입가에 빙긋 웃음을 지었다.

"그게 다라는 건가?"

파앙!

그가 도끼의 세력권으로 불쑥 손을 집어넣자 엄청난 굉음이 울려 퍼지고 천지를 뒤덮었던 부영들은 씻은 듯 사라졌다.

"커헉!"

놀랍게도 막불귀는 무려 삼 장이나 튕겨 나가며 피를 흘리다 털썩 무릎을 꿇었다. 그렇지만 기산자는 처음의 모습 그대로 장삼을 표표히 휘날리며 제자리를 지키고만 있었다.

"우~!"

"이, 이럴 수가! 기산자가 막불귀를 꺾다니!"

자못 충격적인 결과에 중인들이 놀라는데 비틀거리며 일어선 막불귀가 입가의 피를 훔쳤다.

"흐으으… 아직 끝나지 않았다!"

쿠우우—

입술을 잘근 깨문 막불귀가 전 공력을 모으자 그의 형체가 사라지며 막불귀가 있던 자리엔 황금빛의 물결만이 일렁였다.

'이번 기회를 놓칠 것 같으냐? 무려 삼십 년을 준비했건만 너 같은 애송이에게 자리를 내어줄 성싶단 말이냐!'

삼십 년 전, 강조무벽주에게 아쉬운 패배로 강호를 등졌으나 막불귀의 야심은 꺼지지 않았다. 하지만 욱일승천의 기세로 뻗어나가는 강조무벽의 기세는 그를 주저앉혔고 아쉬운 마음을 무학으로 달래는 수밖에 없었다.

그렇게 시간을 보내며 막불귀의 뇌락진공과 침뢰부법은

나날이 발전했지만 강조무벽은 너무도 거대해졌기에 그로서는 별다른 방도를 찾지 못했다.

그러던 어느 날 강호에 청천벽력과도 같은 소문이 퍼졌고 막불귀 역시 이 이야기를 듣고는 벅찬 희열에 몸을 떨었다.

"드디어 강조무벽을 깨뜨릴 기회가 왔구나! 삼십 년의 한을 풀 수 있게 되었어!"

하나 무한에 도착한 막불귀는 절망했다. 소문의 초기, 금방이라도 강조무벽의 현판을 때려부술 것만 같았던 군웅들의 기개는 날이 갈수록 꺾였으니까.

그리고 강조무벽이라는 단체는 일개인이 상대할 수 없다는 걸 알기에 막불귀는 숨을 고르며 사태의 추이를 지켜보고 있었다.

그도 알고 있었으니까.


누군가 뇌관에 불만 붙인다면 이들은 활활 타오를 것이다!


하지만 지금은 때가 아니라고 판단했기에 몸을 숨긴 막불귀였는데 난데없는 환상주인의 등장과 그녀가 제안한 무림대회에 그는 이를 갈아야 했다.

그렇게 끝날 것만 같았던 그의 야망은 두 건의 살인으로 다시 타올랐고 남궁현무의 죽음으로 마침내 결실을 맺는 듯했다.

비로소 때가 무르익었다는 걸 늙은 생강은 간파할 수 있었
으니까.


**제반 준비는 끝났다!**
우매한 군중들의 열기는 숙성될 만큼 숙성되어 있다!
살포시 불만 댕겨주면 그들은 목적도 모르고 그저 활활 타오
를 것이다!


면밀하게 상황을 분석한 막불귀는 보다 극적인 효과를 위
하여 남궁현무의 관이 중인들을 돌고 고향의 장지로 향하는
순간을 등장 시기로 잡았다.
군웅들의 슬픔과 분노가 최고조에 이를 시기.
그때 자신이 등장하여 지도자를 그리는 우매한 대중들을
이끄는 것이다. 막불귀라는 이름이라면 군웅들은 열광할 것
이고 그는 자연스레 그들의 머리가 될 터.
그 여세를 몰아 강조무벽을 치는 거다!


이 모든 계산이 눈앞에 서 있는 애송이 때문에 무너질 판이
다.
삼십 년의 한과 눈물이 말이다!
"절대……."
금광에 몸을 맡긴 막불귀가 으르렁거렸다.

"절대 포기할 수 없다!"

쿠쿠쿠—

어깨를 꼿꼿이 세운 막불귀가 번개처럼 나서며 도끼를 미친 듯이 휘둘렀다.

솨솨솨!

무엇이 도끼의 그림자이고 무엇이 공기인지 분간할 수 없을 정도로 빠르게 오가는 그의 손놀림에 비무대는 갈가리 찢겨져 나가는 착각마저 들었다.

그 와중에 홀연 피어오르는 불꽃송이.

한 점에서 시작된 불꽃은 점차 커져 가다 마침내 거대한 화염이 되어 모든 것을 살라 버릴 기세로 꿈틀거렸다.

도륙분지(屠戮焚地)!

침뢰부법의 최후 초식이자 막불귀의 전 생애가 담겨 있는 무학.

만약 삼십 년 전에 이 초식을 완성시켰더라면 강조무벽주와 능히 자웅을 결할 수도 있었을 터.

하지만 아쉽게도 시간은 되돌릴 수 없는 곳으로 가버렸고 이제 늙은 무인의 한과 슬픔만이 남아 대지를 불사를 기세의 불꽃으로 그때의 아쉬움을 대변하고 있었다.

'이거 봐라?'

여유롭던 기산자의 눈에 처음으로 이채가 어렸다. 지금 막불귀가 펼쳐 낸 초식이 예사롭지 않다는 걸 그도 직감적으로 눈치 챘으니까.

금광으로 자신을 태우고 불꽃으로 천하를 태우는 막불귀의 마지막 일수!

그렇지만 이채는 이채에서 끝났다.

막불귀의 돌진을 지켜보던 기산자가 슬쩍 발을 움직이자 홍염으로 뒤덮인 장내에서 그의 모습이 홀연 사라졌다.

"뭐, 뭐냐?"

불꽃을 피워내며 달려들던 막불귀가 대상의 실종에 주춤 걸음을 멈추었다.

"어디 있는 것이냐?!"

허공에 또 하나의 불꽃송이를 피워낸 막불귀가 사자처럼 울부짖었다.

이때 바람처럼 스쳐 지나가는 한마디.

"나를 찾는 것이오?"

반사적으로 막불귀가 고개를 돌렸으나 그곳엔 아무것도 없었다.

"이놈, 이 쥐새끼 같은 놈! 사내라면 비겁하게 숨지만 말고 당당히 나서거라!"

우웅―

그의 외침은 너무도 강렬해서 비장하다 못해 소름이 끼칠 정도였다.

하지만…….

"대답없는 메아리처럼 비참한 것은 세상에 다시없을 것이오. 그렇지 않소?"

무심한 한마디와 함께 홍염의 울타리를 가르고 한줄기 빛이 우뚝 솟아올라 왔다.

"이, 이건!"

카앙!

"끄으으······."

가슴을 움켜잡은 막불귀가 비척비척 뒤로 물러서는데 안개처럼 모습을 드러낸 기산자가 한 발 앞으로 나서며 일장을 쳐냈다.

쾅!

"케헥!"

그것으로 끝이었다.

기산자의 일장에 격중당한 막불귀의 몸이 허공에 훌쩍 뛰고는 그대로 지면에 처박혔다. 뭔가를 말하려는 듯 안타깝게 고개를 들던 막불귀의 목이 툭 꺾이자 장삼을 벗어 그의 몸을 덮어준 기산자가 탄식했다.

"작은 욕심은 왕왕 화를 초래하기 마련이라오."

순간 찾아든 정적. 군웅들은 이 놀라운 결말에 넋을 잃고 기산자와 막불귀의 시신을 번갈아 쳐다보며 벌린 입을 다물지 못했다.

막불귀가 패하다니! 그것도 단 삼 초 만에!

예상치도 못했던 강자의 등장은 사람들의 가슴에 신선한 충격을 던졌고 파란의 주인공은 아무런 말 없이 하늘을 응시하다 단 위로 올라섰다.

"남궁 대협을 보내는 자리에서 피를 보게 되어 송구하오이다."

기산자의 사과에도 사람들은 좀처럼 입을 떼지 못했다. 이것은 너무도 의외의 진행이었고 군웅들은 도무지 갈피를 잡을 수가 없었기에 그저 망연자실 기산자를 바라볼 뿐이었다.

"하지만! 단순한 이득을 취하려 무한에 모인 여러분들을 선동하려는 작태를 막아야 하겠기에 일벌백계의 심정으로 천뢰부를 응징한 것이니 넓은 양해 바라오!"

짝짝짝—

누군가 박수를 쳤고 곧 수백의 손바닥이 마주쳐 거대한 소리를 만들어냈다.

물론 함성과 함께.

"우우~ 최고요, 기 대협!"

"기 대협이야말로 무림을 구원할 사람이오!"

"천뢰부 막불귀 따위가 우리를 움직이려 했다니!"

개중 어떤 이는 막불귀의 시신에 침까지 뱉으려 했으나 기산자의 정중한 만류에 그 행동을 멈추었다.

"비록 그가 자신을 위해 못된 짓을 하려고 했지만 이미 고

혼이 된 몸. 시신까지 더럽히는 건 무인의 도리가 아니라고
생각하오."

"맞소이다. 맞아요."

"기 대협이 이토록 영웅적인 풍모를 지닌 분이었다니!"

서서히 바뀌는 호칭. 단순히 기산자에서 기 대협으로 그는
격상되어 가고 있었지만 그는 반짝 눈을 빛냈다.

"자자, 이제 운구를 고향으로 모셔야 할 때입니다! 진정들
하시지요!"

완전히 모임을 주도하는 기산자였으나 누구도 그를 제지
하지 않았다. 아니, 제지할 생각도 없었고, 제지할 필요도 없
었다.

이미 그는 군웅들의 또 다른 우상으로 자리 매김하고 있었
으니까.

기산자의 요청으로 관이 대의 앞에 자리하자 사람들이 꽃
을 들고 모여들었다.

"슬픔은 잠시 후에 나누고 일단 남궁 대협을 추모합시다."

먼저 꽃 한 송이를 바친 기산자가 물러서자 사람들은 질서
정연하게 순서를 기다리며 헌화하기 시작했고 얼마 지나지
않아 나무관은 온갖 꽃으로 뒤덮여 화사하게 채색되었다.

마지막 헌화가 끝나자 고개를 숙였던 기산자가 중인들을
향해 외쳤다.

"이제 남궁 대협을 다시 볼 수 없지만 그분의 의기와 인품

은 영원히 우리의 가슴에 남아 있을 겁니다."

"남궁 대협!"

"아아… 요절해서는 안 될 분이었는데."

"으흐흑……."

완전 신파극이었지만 분위기에 도취된 중인들은 울고불고 난리였다.

"그만, 그만. 떠나가는 남궁 대협은 우리의 이런 마음을 잘 헤아리실 겁니다. 이제 보내 드리도록 하지요."

서서히 관이 이동하자 모두가 정중한 포권으로 남궁현무의 마지막 길을 애도했다. 그렇게 남궁현무를 담은 관이 장내에서 사라지자 목소리를 가다듬은 기산자가 우렁차게 외쳤다.

"자, 남궁 대협은 가셨습니다! 하지만 우리는 할 일이 남아 있습니다! 모두 아시리라 생각합니다!"

"그렇소!"

"물론입니다!"

결의에 가득 찬 군웅들의 외침에 희미한 미소를 피워 물며 기산자가 빙글 돌아섰다.

"그럼 강조무벽으로 갑……."

이때 미약하지만 근엄한 한마디가 끼어들었다.

"잠… 깐."

"음?"

제지당한 기산자가 눈썹을 상큼 올리며 돌아섰다.

잘나가는 마당에 누가 감히 초를 친단 말인가?

그리고 돌아선 기산자의 눈은 더할 나위 없이 커졌다.

"다, 당신은?"

경악하며 비틀거리는 기산자의 앞으로 두 사람의 부축을 받으며 한 사람이 비틀비틀 걸어왔다. 놀라기는 중인들도 마찬가지라 모두가 제 눈을 비비고, 제 살을 꼬집었다.

"아니, 저분은!"

"뭐야, 이거? 내가 지금 꿈을 꾸는 거야?"

엄청난 소란이 일어나고 장내는 난장판이 되었지만 금방이라도 쓰러질 것만 같은 인물은 창백하지만 굳은 입술로 천천히 말문을 열었다.

"아직… 헉헉, 아직 정리할 게 남아 있소."

힘겹게 말을 뱉은 사내가 자신을 부축하고 있던 두 노인에게 목례를 하고 중인들을 향해 빙글 몸을 돌렸다.

"남궁현무가 군웅들을 뵈오이다."

쿠쿵!

그렇다! 사내는 사흘 전에 암살당했던, 아니, 암살당했다고 생각했던 소요군자 남궁현무였다!

'이럴 수가! 분명 맥이 끊어졌다고 했거늘!'

고개를 돌려 비척비척 물러서는 기산자를 매섭게 노려보던 남궁현무가 다시 중인들을 향하자 그때까지 굳어 있던 사람들이 벌 떼처럼 일어섰다.

"저, 정말, 정말로 남궁현무, 남궁 대협이란 말이오?"

"아니, 그렇다면 남궁 대협은 삼 일 전에 습격을 받지 않으셨소?"

"분명 검시관이 대협의 죽음을 확인했거늘 이게 도대체 어찌 된 일이오?"

쏟아지는 질문들을 일일이 듣던 남궁현무가 가볍게 헛기침을 하자 중인들의 말문이 닫혔다.

"그렇소이다. 이 사람은 남궁현무가 분명하오. 또한 삼 일 전에 암습을 받고 명부에 잠시 동안 이름을 올린 적이 있었다오."

잠시 동안 명부에 적을 올렸다…….

이해하기 어려운 남궁현무의 말에 사람들이 소곤거리는데 이를 지켜보던 기산자가 버럭 소리를 질렀다.

"지금 그 말을 믿으라는 소리인가? 어떻게 죽은 사람이 살아날 수 있다는 것인가?!"

당연히 일리있는 이야기. 사람들도 남궁현무에게 의혹의 시선을 던지기 시작했고 개중 인피면구라는 단어까지 새어 나오자 기산자의 눈이 예리해졌다.

'아, 아니야. 저자는 인피면구를 착용하고 있지 않아. 그럼 뭐지? 정말로 삼도천을 건넜다가 되돌아왔다는 건가? 그렇다면 떠난 관은 뭐야?'

그런 기산자의 마음을 들여다보기라도 하듯 힘겹게 웃은 남궁현무가 입을 열려는데 부축하던 노인 가운데 한 사람이 나섰다.

"죽은 사람이 다시 살아나는 건 있을 수 없는 일이지. 하지만 우리 풍도에서는 불가능한 일도 아니다."

노파의 음성은 갈라지고 흩어져서 듣기 거북했으나 사람들은 그녀의 관음보살 같은 용모에 한번 놀라고 그녀의 말에 담긴 의미에 다시 한 번 놀랐다.

"풍도라고?"

"풍도가 정말로 존재했다는 말인가?"

이때 옆에 있던 노인이 창노하게 입을 열었다.

"그렇소. 우리는 풍도에서 왔소. 또한 풍도엔 일시적으로 죽은 이의 숨을 되돌릴 방법이 전해 내려온다오."


운예소와 두 노인의 얘기는 황당하기 그지없어서 괴기스럽기까지 했기에 그들의 눈에 담긴 진정을 보지 못했더라면 남궁현무는 미련없이 일어났을 것이다.

"말씀드린 대로 다음번의 목표는 남궁 대협일 겁니다. 그렇지만 암살을 피하고자 남궁 대협이 피하거나 숨는다면 목표는 변경될 테지요. 어차피 암살자가 노리는 건 군웅들의 마음에 불을 지피는 것이니 그 사람이 누군가는 중요하지 않습니다."

"그래서? 나더러 죽기라도 하라는 건가?"

싱겁게 웃는 남궁현무를 보다 운예소가 무겁게 고개를 끄덕였다.

"바로 그겁니다."

"뭐? 지금 나더러 죽으라고?"

농담이 진실로 돌아오니 어처구니없어서 남궁현무가 입을 벌렸다. 장난도 가려서 해야지, 사람의 목숨을 가지고 농을 치다니.

불쾌해진 남궁현무가 인상을 구기는데 남음대모가 손을 내저었다.

"그렇게 기분 나빠하지 말아라."

"어떻게 기분이 나쁘지 않을 수 있겠소이까?"

고개를 돌리는 남궁현무에게 인자한 웃음으로 그를 따르는 오뚝이 노인의 눈이 들어왔다. 모든 것을 알고, 또 이해할 것처럼 깊이 가라앉은 그의 눈망울엔 어떤 거짓도, 어떤 장난기도 담겨 있지 않았다.

"하아~ 그러니까 나더러 죽어라? 이걸 진심으로 들으라는 거요?"

"그렇다네. 잠시 동안의 죽음. 아주 잠깐 동안 이승에서 혼백을 빼달라는 얘기일세."

"잠시… 동안의 죽음이라고 하셨소이까?"

여전히 웃으며 고개를 끄덕인 노인이 풍도에서 전해 내려오는 임사봉령대법에 대해 설명하기 시작했다. 운예소 본인도 직접 시술받아 본 적이 있었던 대법이기에 그때의 기억을 떠올리며 잠시 숙연해졌던 그가 시시각각 변하는 남궁현무의 얼굴을 보며 씁쓸하게 웃었다.

지극히 정상적인 반응. 어느 누가 혼백의 유람이니 뭐니 하는 소리를 믿을까.

남궁현무의 표정에 차츰 황당함이 번져 가자 운예소가 가슴을 쳤다.

"직접 받아본 사람이 여기 있습니다."

"뭐라고?"

믿지 못하겠다는 표정으로 모두를 바라보던 남궁현무가 운예소의 회고를 듣고는 머리를 감싸 안았다.

"자, 잠깐만! 잠깐만 생각을 정리해야겠소! 그러니까 인위적으로 사람의 혼백을 몸에서 떼어내는 일이 가능하다는 얘기요? 가능하다고? 그리고 다시 불러들이는 것도? 이걸 믿으라고? 허허!"

대답을 기대하지 않았는지 자문자답을 하던 남궁현무가 엄지와 중지로 관자놀이를 꽉 눌렀다.

"하아~ 좋소이다. 그런 방법이 실제로 있다 치고, 내가 왜 죽어야 한다는 거요?"

"그건 제가 설명드리겠습니다."

혼란스러운 남궁현무를 배려하여 조용히 입을 연 운예소

가 차분하게 설명했다.

"남궁 대협의 짐작처럼 저희도 강조무벽이 이번 일의 주모자라고 보지 않고 있습니다. 하지만 음모의 주체는 꼬리가 없는 악룡처럼 그 정체를 숨긴 채로 중인들의 마음을 조종하려드니 어쩌겠습니까? 그런데 이번 암살을 보자니 음모자들도 그리 여유로운 입장은 아니라고 사료됩니다. 즉, 무언가에 쫓기듯 일을 진행하고 있다는 거지요."

"음……."

"하여 남궁 대협에 대한 거사 역시 조만간 이루어질 것입니다. 그리고 대협의 죽음을 기화로 삼아 군웅들을 움직일 테지요. 이때 비로소 저들은 본색을 드러내게 되리라 봅니다."

"큼큼……."

자신을 희생양으로 삼는다는 게 어쩐지 찝찝하여 남궁현무가 침음을 흘렸다.

"바로 이때가 저들을 잡을 기회일 겁니다."

"그렇다면?"

남궁현무의 눈썹이 역팔자를 그리자 운예소가 질끈 어금니를 물고 콧김을 뿜었다.

"예! 저들은 일수로 상대방을 살해할 정도로 무위가 대단합니다. 이로 미루어 절대적인 강자이거나 한 사람이 아닐 것입니다. 어느 쪽이든 자신에 대한 확신에 사로잡힌 상태. 암살자는 복면 따위로 자신을 숨기지 않을 것입니다. 어차피 목격자는 모두 죽였으니까요."

"나더러 저들의 정체를 기억하고 잠시 동안 죽은 척을 하라는 것이로군?"

"그렇다, 아이야. 이 남음대모의 이름을 걸고 반드시 너의 목숨을 되살릴 것이다!"

"부탁이네! 만약 자네의 혼백을 원래대로 돌려놓지 못한다면 이 늙은이도 자결하겠네! 아니, 절대적으로 자네의 숨을 다시 붙여놓겠다고 약속하겠네!"

두 노인의 절절한 부탁에 눈을 침전시키는 남궁현무였는데 운예소가 마지막으로 못을 박았다.

"또한 이번 일이 예정대로만 흘러간다면 남궁 대협의 위상은 강조무벽주 이상이 될 것입니다. 당연히 무림맹도 이름에 걸맞는 대우를 받게 되겠지요."

"죽음을 가장하려면 필연적으로 상처는 감수해야겠군."

이 말에는 세 사람 모두가 입을 다물었다. 남궁현무가 감수해야 할 상처는 그저 상처 정도가 아닐 테니까. 적어도 이삼 년은 병상에서 보낼 각오를 해야 할 테니까.

"으음……."

뜨거운 차 한 잔을 마실 시간이 흐르고 남궁현무가 감았던 눈을 번쩍 떴다.

"사나이 한평생에 세 번의 선택이 있다고 했지. 그중 두 번이 어떻게 다가왔었는지 기억할 수는 없지만 이번이야말로 마지막이 아닐까 싶네. 좋아, 그 제안을 받아들이도록 하지!"

남궁현무의 힘겨운 이야기가 끝나자 중인들은 들썩였다.
어찌 모를까. 자신 역시 같은 반응을 보였었거늘.
그들의 소요를 가만히 보던 남궁현무의 눈이 기산자의 뒤
에서 엉거주춤 얼굴을 가리는 세 명의 무인에게로 꽂혔다.
"거기 세 분은 초면이 아니구려?"
"그 무슨 말을!"
"무슨 소리요?"
세 사람이 펄쩍 뛰는데 남궁현무가 장삼을 벗었다.
"모든 무기는 저마다 독특한 흔적을 남기지. 또한 암습을
받을 당시 이 사람은 습격자의 칼에 몸을 거의 내던졌었소.
치명적인 상해를 입었지만 도흔(刀痕)만큼은 정확하게 남았
지."
배를 감싸고 있는 붕대를 내려다보던 남궁현무가 세 사람
가운데 유난히 키가 큰 무인을 똑바로 가리키며 힘주어 외쳤
다.
"만약 당신의 도폭이 이 사람의 배에 난 상흔과 일치하지
않는다면 남궁현무, 여기서 칼을 물고 자결을 하겠소!"
쿠쿵!
이렇게 되면 꺽다리는 어쩔 도리 없이 칼을 보여줘야 할 판
이었다.

모두가 긴장된 시선으로 장내를 주시하는데 고개를 숙이고 있던 기산자의 입에서 기묘한 소리가 들렸다.

"킥킥킥……."

미묘한 소리는 입술을 겨우겨우 비집으며 새어 나오다 결국 노도처럼 흘렀다.

"우하하하하! 멋지게 한 방 먹어버렸어! 풍도라, 풍도. 거기에 임사… 뭐? 생각지도 못했던 반전이 아닌가?"

그렇게 낄낄거리던 기산자가 신호를 보내자 장내에 수백, 수천의 인영이 솟아났다.

"좋아, 좋아. 뭐, 이렇게 된 이상 결정을 짓도록 하지. 어디 숨어 있나, 능소능대?"

우웅—

공력이 실린 기산자의 외침에 중인들이 귀를 틀어막았다. 막불귀를 고혼으로 보냈기에 어느 정도의 실력이 있다는 건 알았지만 이렇게 보니 그야말로 절정을 넘어선 내공력이 아닌가.

사방을 둘러보던 기산자가 곧 어느 지점을 보면서 입꼬리를 말아 올렸다.

"아하, 거기 있었군?"

"처음부터 여기 있었지. 당신이 보지 못했을 뿐이야."

심드렁하게 대답한 운예소가 반으로 갈라지는 중인들을 뒤로하고 앞으로 나섰다. 그런 그를 유쾌한 얼굴로 응시하던 기산자가 피식 웃었다.

"이번 시체 놀이도 네 작품인가?"

"합작이지. 기획과 연출만 내가 맡았어."

"그래, 그래. 아주 멋졌어. 박수라도 쳐줄까?"

정말 박수라도 칠 것처럼 손을 들던 기산자가 불쑥 물었다.

"아, 그런데 이 사람들이 다인가?"

"음?"

"동원한 세력이 풍도가 다였느냔 말이지. 이 정도의 전력이라면 실망인걸?"

빙글빙글 웃는 기산자를 여전히 무심하게 바라보던 운예소가 어깨를 한번 들썩였다.

"왜, 보태줄 용의라도 있나?"

"설마……. 그저 나머지 두 개의 세력들은 무얼 하기에 이런 누란의 처지에서 발을 빼고 있나, 궁금했던 게지."

기산자, 아니, 초강의 말대로 운예소의 주위엔 아무도 없었다. 방금 전까지 말을 나누던 기추랑마저도 어디로 갔는지 보이지 않았기에 그는 더없이 외로워 보였다.

"뭐, 그래도 한 사람은 있지 않나."

운예소가 손을 내밀자 군웅들 사이를 비집고 정명진이 머리를 내밀었다.

"기 대협, 아니 초강… 아니, 문상이라 불러야겠군요."

저간 사정을 운예소에게서 모두 들은 정명진의 표정에 슬픔과 아쉬움, 그리고 어떤 한이 드리워졌다.

"문상이라 부르지 마라!"

버럭 소리를 지른 초강의 눈에 기이한 열기가 피어올랐다.

"문상? 이름뿐인 문상? 사백 년 전의 멍에를 뒤집어쓰고 살아왔던 우리 가문이다! 포부가 있어도, 힘이 있어도, 돌아오는 건 차디찬 유지가 전부였단 말이다! 이대로라면 또다시 굴레는 이어졌겠지! 하지만 나와 형님은 달랐다! 멍청한 선대들처럼 유지의 개가 되어 주인의 부름이나 기다리지 않겠다고 맹세했다!"

피를 토하듯 고함치는 초강의 기세에 중인들이 움츠러들었다. 그렇지만 정명진은 나이에 어울리지 않는 어른스러움으로 담담하게 그의 독기를 받아냈다.

그렇게 초강의 광기를 새기던 정명진이 털썩 무릎을 꿇었다.

"선조들을 대신해서 제가 이렇게 사과드릴게요."

"그따위 사과는 필요없어!"

정명진에게서 획 몸을 돌린 초강이 무언가를 움켜쥐려는 자세로 마구 손가락을 움직였다.

"이렇게 된 마당에 모든 걸 끝내도록 하자! 지긋지긋한 사백 년의 악연도, 천하제일가의 문상이었다는 굴레까지 한꺼번에 처리하도록 하자!"

킥킥거리던 초강이 운예소에게 야릇한 미소를 지었다.

"너는 자신이 똑똑하다고 생각하겠지? 풍도의 비술을 이용
해서 내게 멋진 한 방을 선사했다고 여기겠지? 하지만 모두
헛된 수작이었다. 결국 피의 양만 늘려놓았을 뿐이야."

키득키득 웃던 초강이 손을 흔들자 무인들이 한 발 앞으로
전진했다. 이로 미루어 그는 이곳에 모인 이들을 모두 죽여
버릴 모양이었다.

짐짓 태연했지만 운예소도 긴장하지 않을 도리가 없었다.
군웅들은 초강이 뿜어내는 독기에 뱀을 만난 개구리처럼 굳
어 있었기에 아무런 힘이 되지 못했고 무엇보다 천추산맥의
전력에 대한 오산이 문제였다.

문상의 위치였기에 개인 세력이 있으리라 계산은 했지만
거기다 천추산맥의 인원들이 더해지자 초강의 세력은 운예소
의 예상을 훨씬 뛰어넘는 것이었다.

'나 역시 최후의 한 수는 남겨두었지만 저력 자체가 비교
되지 않으니……'

질끈 입술을 깨문 운예소가 정명진을 안고 속삭였다.

"가주, 어쩌면 우리는 패할지도 몰라."

그렇지만 정명진은 해맑게 웃었다.

"무상 형님을 만나서 다행이에요."

"뭐?"

이 판국에 무슨 넋 나간 소리인가.

"무상 형님 때문에 여기까지 왔잖아요. 만약 저 혼자였다

면 감당하기 어려웠을 거예요. 그러니 앞으로도 계속 함께했
으면 좋겠어요. 헤헤, 저만 생각했나요?"

대답없이 운예소가 정명진을 안은 팔에 힘을 주었다.

힘겨운 순간이라는 걸 뻔히 알면서도 이 아이는 웃고 있다.
어쩌면 목숨을 잃을지도 모르는 상황인데도 이 꼬마는 희망
을 얘기하고 있다.

"그래, 계속 함께하자!"

정명진을 안았던 팔을 풀고 벌떡 일어선 운예소가 철척을
꺼냈다.


**아버지, 최소한 제 자신에게 부끄러움은 없어요!**


빙긋 미소 지은 운예소가 막 입을 열려고 했다.

이때…….

"맥의 식구들은 모든 행동을 멈출지어다!"

어라, 어라, 어라, 어라…….

어디서 들려왔는지 모를 음성이 장내에 내려앉고 천추산
맥의 무인들이 하늘가로 시선을 던졌다.

그곳에는 네 사람이 대붕처럼 몸을 날리고 있었는데 어찌
나 빠르던지 눈 깜짝할 사이에 삼십여 장을 가로질러 비무대
에 모습을 드러냈다.

"다, 당신들은 설마?"

어떠한 일에도 동요하지 않을 것만 같았던 초강의 얼굴이 하얗게 탈색되었지만 삼남일녀는 그에게 시선도 주지 않고 군웅들을 바라보았다.

"취접 여협?"

"그렇구나, 저들 세 사람은 누군지 모르겠지만 저 여자는 분명 취 여협이 분명하다."

운예소와 정명진이 소곤거리는데 여인이 고개를 숙이자 세 사람이 앞으로 나섰다.

"다행히 늦지는 않았나 보오."

부드러운 미소를 지닌 중년인이 웃자 눈이 쭉 찢어진 사내가 투덜거렸다.

"거 보라니까, 뭐가 급해서 아침밥까지 거르고 이 난리법석이야?"

그런 그를 무심하게 바라보던 긴 머리의 사내가 고개를 저었다.

"식충이가 따로 없군. 한심한 일이야."

"뭐요?!"

바락바락 대드는 찢어진 눈의 사내를 무시하고 장발의 중년인이 몸을 돌리자 모든 이들 가운데 여자들이 탄식을 터뜨렸다.

"아아, 어찌 저렇게 잘생긴 사람이……."

"여태 내가 보아왔던 사내들은 모두가 원숭이였구

나……."

긴 머리의 중년인은 그야말로 차갑기 그지없는 인상이었지만 너무도 아름답게 생겼기에 그의 나이가 무색한 순간이었다.

중인들을 주시하던 긴 머리의 사내가 조용하게, 그러나 차갑게 중얼거렸다.

"우리가 바로 삼상황들이다."

"삼상황?"

"그게 뭐야?"

군웅들이 웅성거리는데 초강을 따르던 대부분의 인원들이 일제히 부복했다.

"삼상황을 뵈오이다!"

"삼상황을 뵈오이다!"

서늘한 눈으로 부복한 이들을 바라보던 긴 머리의 사내가 뭐라고 하려는데 꿍얼거리던 찢어진 눈이 운예소의 옆에 오도카니 서 있는 정명진을 보고는 손을 흔들었다.

"야야, 꼬마야! 일루 와!"

"저… 요?"

손가락을 들어 자신을 가리키던 정명진이 운예소를 바라보았다.

"가도 괜찮을 거야. 삼상황이 누군지는 몰라도 우리에게 적의를 품지는 않은 것 같으니."

순간 향긋한 방향이 풍기며 주세빈이 이들의 옆으로 다가왔다.

"선택권도 없어."

"예?"

놀란 운예소에게 주세빈이 씁쓸한 고소를 보냈다.

"저들은 이미 절대를 넘어선 고수들이야. 어디서 저런 자들이 한꺼번에 셋씩이나 나타난 걸까?"

뭔가 미심쩍어서 주세빈과 운예소를 연신 돌아보며 정명진이 뒤뚱뒤뚱 단 위로 다가서자 찢어진 눈이 그를 와락 안았다.

"네가 바로 정씨의 아이였구나. 우헤헤헤!"

경박하게 웃는 그를 못마땅하게 바라보던 장발이 정명진의 머리를 무심하게 쓰다듬고 입을 열었다.

"이제 성원이 되었으니 대맥지회를 열겠다."

"예?"

놀란 정명진의 앞에 꿇어앉아 눈높이를 맞춘 찢어진 눈이 히죽거렸다.

"그래, 이 꼬마야. 네가 바로 천추산맥의 사라졌던 네 번째 열쇠였다, 이 말씀이야."

그렇다. 사상맥칙은 지난 사백 년 동안 한 번도 발동한 적이 없었다. 그건 사백 년 전에 강호의 위기를 막고자 천추산맥을 이탈한 정씨세가가 사상, 즉 네 번째의 주인이었기 때문이고 이미 강호사에 관여한 이상 정씨세가는 천추산맥으로 복귀할 수 없었기 때문이다.

"그렇다면 지금은 어째서 저를 받아들이시는 거죠?"

"간단하다. 그건 바로……."

찢어진 눈이 말하려는데 장발이 싹둑 잘랐다.

"이번 안건은 천추산맥의 해산을 다루기 때문이지."

불만 어린 눈으로 찢어진 눈이 장발을 꼬아보았지만 발작을 하지는 못했다. 이로 보아 둘의 먹이사슬은 긴 머리 사내가 우위에 있는 모양이었다.

"사상맥칙은 어느 한 사람이라도 반대를 할 시에 부결된다. 너는 잘 생각하고 대답을 하여라."

장발 사내가 그답지 않게 포근한 어조로 말하자 정명진이 고개를 끄덕였다.

"예!"

"그럼 네 의견을 말해라."

잠시 생각하던 그가 세 사람을 바라보며 또렷하게 대답했다.

"저는 해체에 찬성하겠어요."

정명진을 바라보던 장발 사내가 물었다.

"그 이유는?"

"천추산맥이라는 단체가 언제, 누구의 손에, 어떤 목적으로 창설되었는지 모르지만 이번의 일을 보서서 알 듯 결국 변질되었어요. 고인 물은 언젠가 썩기 마련이거든요. 아무리 좋은 의도로 시작했다고 그 결과마저 좋으리란 보장은 어디에도 없으니까요.”

단정한 정명진의 대답에 세 사람의 어깨가 조금 처졌다.

“미래는 미래를 사는 이들을 위해 남겨뒀어야 했거늘.”

부드러운 미소의 사내가 이마에 깊은 골을 패면서 탄식하자 장발 사내의 눈이 잠깐 흔들렸다. 그러나 그의 눈은 처음처럼 차갑게 굳었기에 심정의 변화를 눈치 챌 이는 없었다.

“그럼 다른 의견들은?”

장발 사내가 묻자 미소의 사내와 찢어진 눈이 힘없이 대답했다.

“찬성.”

“나도 찬성.”

잠시 그들을 바라보던 장발 사내가 빙글 몸을 돌렸다.

“이로써 천추산맥은 해산하기로 한다. 앞으로의 행동은 그대들의 의지에 달려 있으나 적어도 이곳 무한에 얽힌 일에는 손을 떼도록 하라. 이것이……”

잠시 숨을 고른 장발 사내가 탄식처럼 마무리 지었다.

“사상맥칙의 마지막 안건이자 천추산맥의 삼상황으로서 마지막 명이다.”

웅크려 있던 천추산맥의 사람들이 우렁차게 외쳤다.

“알겠습니다!”

"감사합니다!"

천추산맥이라는, 무림의 안녕을 책임지는 음지의 인간들이라는 굴레가 비로소 벗겨진 것이다. 그렇게 또 하나의 구속이 풀려가고 천추산맥이었던 무인들은 서로의 어깨를 얼싸안으며 하나둘 장내를 떠났다.

이제 그들의 발목을 움켜쥐었던 사슬은 더 이상 없었다. 마음껏 강호를 꿈꾸어도 되고, 미래에 대한 찬가를 불러도 상관이 없었다.

그들의 밝은 뒷모습을 보던 장발의 사내가 둥실 몸을 띄웠다.

"앞으로 삼상황이란 이름은 무림에서 영원히 사라질 것이다. 아물러 사상맥칙이라는 이름의 모임도."

그를 따라 몸을 띄운 미소의 사내가 부드럽게, 그러나 쓸쓸함을 담은 어조로 중얼거렸다.

"미래를 통제하려 했던 우리가 죄인이었소. 앞으로의 미래는 여러분들 스스로가 개척하고 열어가도록 하시길."

마지막으로 찢어진 눈이 정명진을 요리조리 뜯어보다 우연처럼 운예소와 눈이 마주치자 이빨이 드러날 정도로 크게 웃고는 사라졌다.

한 번도 대한 적이 없었지만 무척이나 낯익은, 그럼 미소.

"사람은 누구나 완벽을 꿈꾸지. 근데 완벽이라는 말 자체가 웃기는 거거든. 한 치 앞도 내다보지 못하면서 미래에 대한 걱정이라니, 소가 웃을 일이었지……."

그렇게 그들이 사라지자 초강이 취접에게 허탈한 미소를 던졌다.

"천려일실인가? 한구석을 비워둔 것이 이렇게 큰 여파로 다가오다니."

삼상황의 등장!

염마와 초강이 두려워했던 바로 그것!

설립 취지에 반해서 움직이는 천추산맥을 통제할 수 있는 절대적인 강자들이 바로 삼상황이었고, 천추산맥을 만든 이들도 삼상황이었다.

또한 문상의 후예였기에 초강은 정명진이 사상맥칙을 성립시킬 마지막 열쇠라는 것도 알았기에 삼상황과 그의 만남을 어떻게든 저지하려고 했었다.

일단 천추산맥의 힘을 빌려 강조무벽과 정씨세가만 무너뜨리면 됐는데. 그 일만 이루면 바랄 나위가 없었는데.

그리고 모든 것은 수포로 돌아갔다.

"참고로……."

단 아래에서 운예소가 담담하게 말했다.

"밀첩의 도착을 기다린다면 미리 포기하라고 말하고 싶군."

"뭐, 뭐라고!"

"그것이 마지막의 수였다면 미리부터 읽고 있었다고 얘기할 수밖에."

"어, 어떻게 밀첩의 변절을 알아낸 거냐?"

부들부들 몸을 떨던 초강이 이를 악물자 운예소는 서늘한 눈으로 장내를 돌아보았다.

"금빛 연이 몇 번 날았는지 생각해 보다 문득 이상한 생각이 들더군. 팔 년 전, 비합패를 멸했을 때 사천의 성도에도 금빛의 연이 날았었어. 당신들로는 아쉽게도 풍도는 성도에서 풍도현으로 본거지를 옮겼기 때문에 화를 면했었던 거겠지. 그렇다면 어째서 첨살각, 즉 밀첩은 온전하게 내버려 두었던 걸까? 그리고 우리가 무한에 도착하자마자 기다렸다는 듯이 밀첩을 공격한 것이 우연이었을까? 결정적으로⋯⋯."

눈에 힘을 실으며 운예소가 짧게 내뱉었다.

"첨살각에서 당신들의 퇴각은 너무 일렀지. 마치 짜고 치는 놀음 같았거든."

준엄한 운예소의 말에 입을 실룩이던 초강이 웃음기를 거두었다.

"그래, 밀첩까지 알아냈다면 더는 할 말이 없군. 이보시게, 꼬마 가주."

"예?"

"아까 미안하다고 했는가?"

"예."

사심없는 정명진의 대답에 초강도 문득 미소를 피웠다. 체

넘을 넘어선 무상의 경지에서나 가능한, 그런 미소.

"그렇다면 내 부탁 좀 함세."

"음… 죄송하지만 청의 내용을 알고 싶은데요."

정명진의 말에 초강이 고개를 들어 가신들을 보았다. 완전히 역전된 상황에서도 굳은 결의를 보이는 이들을.

"간단하네. 저기 임시무상과 싸워 내가 이긴다면 오늘은 우리를 보내주도록 하게. 그리고 내가 패한다면 우리 식구들만큼은 놓아주도록 하게."

참으로 이기적인 제안이라 아니 할 수 없으나 되도록 들어주고 싶은 마음에 정명진이 운예소를 올려보았다.

"그렇다면 나도 한 가지 제안을 해야겠군."

"뭔가?"

초강을 물끄러미 바라보던 운예소가 철척을 한번 흔들었다.

"만약 당신이 이긴다면 꼬마 가주는 놓아줬으면 좋겠어. 아마도 꼬마 가주 역시 사백 년의 굴레 따윈 지긋지긋할 테니."

잠시 운예소를 보던 초강이 고개를 끄덕였다.

"좋다."

"그럼."

철척을 가슴께로 올린 운예소가 초강을 바라보다 한 발 내디뎠다.

파앗!

순간 기묘하게 발을 놀린 초강의 신형이 꺼지듯 사라졌고 운예소는 철척을 조금 앞으로 내렸다.

콰앙!

어디서 나타났는지 불쑥 솟아오른 초강의 손이었는데 미리 알고 있었던 것처럼 운예소의 철척은 그의 앞에 떡하니 버티고 있었다.

'이, 이런 수법이?

화들짝 놀란 초강이 이번에는 뒤로 신형을 이동시키다 그대로 튕겨져 나갔다. 엄청난 속도와 박력을 머금은 그의 전진에 운예소의 눈이 가늘어졌다.

'역시 문상. 힘으로 상대를 제압하는 것이 아니라 나의 약점을 파고드는구나.'

운예소의 무학은 선을 중시한다. 그렇기에 넓은 면적에서는 절대적인 강점이 있지만 한 점을 파고들어 오는 공격, 즉 찌르기와 같은 수법에는 맹점이 드러나기 마련이다.

빙글!

몸을 회전하며 초강의 공세를 피한 운예소였지만 완전한 회피는 불가능했기에 그의 장삼은 길게 찢어졌다.

'역시!'

초강이 희미한 미소를 머금었다.

상대는 비록 천변만화의 선을 그려내는 고수지만 단일 공격에 대한 대처에는 문제가 있었다.

그리고 이를 확인한 이상 승부는 결정지어진 거나 다름없다!

스스스—

모래처럼 몸을 숨긴 초강이 빙글빙글 회전하다 어느 순간 운예소의 앞으로 힘차게 나서며 두 손을 맹렬하게 떨쳤다.

이격진천(二擊震天)!

문상의 가문에 전해 내려오던 비기, 천문해투(天文解鬪)를 실전적으로 가다듬어 재창조한 절대의 무학 압천투(壓天鬪) 가운데 최고의 위력을 가진 권법!

쿠웅!

두 가닥의 권력이 짓쳐들어오자 철척을 넓게 휘두르며 방어하던 운예소가 압력을 이기지 못하고 뒤로 물러섰다. 동일한 힘이 두 군데에서 전달되었기에 미처 방비하지 못했음이다.

승기를 잡은 초강의 발이 더욱 빨라졌고 그의 눈에는 필승의 자신감이 배어 나왔다.

"아하하! 가라!"

크게 웃으며 초강이 몸을 틀자 그의 신형은 마치 엿가락처럼 쭉쭉 늘어나 정신없이 물러서는 운예소를 금방이라도 집어삼킬 듯 덮쳐 갔다.

이 무서운 초식은 압천투 가운데 무섭기로 소문난 우타곤(牛打滾)이었다.

우타곤. 소가 땅바닥을 구른다는, 일견 우스꽝스러운 뜻이었지만 이름과 달리 그 수법은 경천동지의 위력을 품은지라 그야말로 기적과 같은 힘을 지녔다.

따당!

가까스로 우타곤의 힘을 받아냈지만 운예소의 얼굴엔 피로가 쌓였고 상대적으로 초강의 얼굴은 승리에 한 발짝 다가선 자의 그것이었다.

'이것으로 마지막이다!'

운예소를 차분히 쫓던 초강이 발을 땅에 박아 넣고 맹렬하게 주먹을 휘두르자 기이한 음향과 함께 광풍이 몰아쳐 구경하던 중인들은 눈과 귀를 틀어막아야만 했다.

귀폭성야(鬼暴聲夜)!

드디어 압천투 가운데 최강의 초식이라는 귀폭성야가 펼쳐진 것이다! 귀신의 곡소리가 폭풍처럼 밤하늘을 수놓을 때 반드시 한 사람의 목숨을 취한다는 절대의 초식!

수많은 권영들은 마치 죽음으로의 초대처럼 운예소를 다그쳤고 그는 더 이상 빠져나갈 곳도, 물러설 곳도 없는 사람처럼 보였다.

꾸욱.

철척을 굳게 잡은 운예소가 천지를 가득 메운 귀폭성야를 바라보다 마치 장난처럼 손을 움직였다. 일정한 틀이 없었기에 마치 어린아이가 낙서를 하는 모양과도 같은 손놀림.

그리고…….

찌익!

권영과 부딪친 철척이 비단 찢는 소리를 수반하며 그대로 전진하다 초강의 가슴에 틀어박혔다.

"커헉!"

피를 토하며 자신의 가슴을 가른 철척을 응시하던 초강이 가까스로 입을 열었다.

"부, 분명 한 지점에 대한 맹점을 보였는데……."

"선이란 수많은 점으로 이루어진 집합체. 고로 선을 해체한다면 점들의 모임이 된다는 걸 깨달았지."

천추산맥의 해산을 보면서, 하고 말을 맺은 운예소가 초강의 가슴에서 철척을 빼자 위태롭게 서 있던 그의 몸은 그대로 바닥에 처박혔다.

쓰러진 초강을 외면하고 떠가는 구름을 바라보던 운예소가 바람결에 물었다.

조금은 타올랐던 걸까, 추상?

그리고 바람이 전해준 대답.

아직 멀었어요, 바보!

정혈우, 즉 정명진의 숙부였던 배덕자는 다음날 시신으로 발견되었다. 그리고 가주 위를 계승한 정명진은 그날로 선대의 모든 유지, 즉 구속들을 풀어버렸다.

더 이상 가문의 유지나 숙원 때문에 인생을 차압당할 이가 없기를 바라면서.

"이제 제가 할 일이 무엇일까요?"

"없어."

너무나 무성의한 운예소의 대답에 정명진이 볼을 불룩였다.

"최소한 찰나간이라도 생각하고 대답해야 하는 것 아니에
요?"

"알았어."

눈 한번 깜빡이고 운예소가 다시 말했다.

"역시 없어."

"됐네요!"

쿵, 하며 고개를 돌린 정명진이 귀여워 그의 머리를 마구
쓰다듬던 운예소가 행장을 꾸리기 시작했다.

"어? 어디 가시는 거예요?"

"몰라서 묻는 거야? 당연히 고향이지."

"저도 같이 가요."

"안 돼."

"왜요? 왜 안 되는데요?"

방방 뜨는 정명진의 코를 잡아당기며 운예소가 놀렸다.

"어이구, 가주에 오른 지 며칠이나 지났다고 벌써 농땡이
야? 어서 가서 가주로서의 마음가짐과 몸가짐을 배우라고!"

"키힝!"

마을 어귀까지 나와서 손을 흔드는 정명진을 뒤로하고 터
덜터덜 걷던 운예소가 빙글 몸을 돌리며 버럭 외쳤다.

"얘, 거지야. 만두 한 판 사줄까?!"

"누구에게 거지라는 거예요?!"

벼락처럼 대답하며 운예소의 품에 안기는 정명진의 얼굴

에 미소가 걸리고 그만큼이나 넉넉한 웃음이 사백 년의 굴레
를 벗어던진 남자의 얼굴에도 맺혔다.

"그 만두집…… 주인장도 정씨세가의 사람이었지?"

"모르는 게 없군요. 정말 귀신이네."

"그 양반 말이야, 만두 만드는 실력 좀 키우라고 해라."

"차라리 점소이더러 웃으라고 하는 편이 빠를 거예요."

"그 가주에 그 가신들이로다."

"뭐라고요? 그럼 임시직 무상은 아주 바보겠네요?"

"그런데 이 꼬마 거지가?"

"까르르륵!"

『이인세가』完

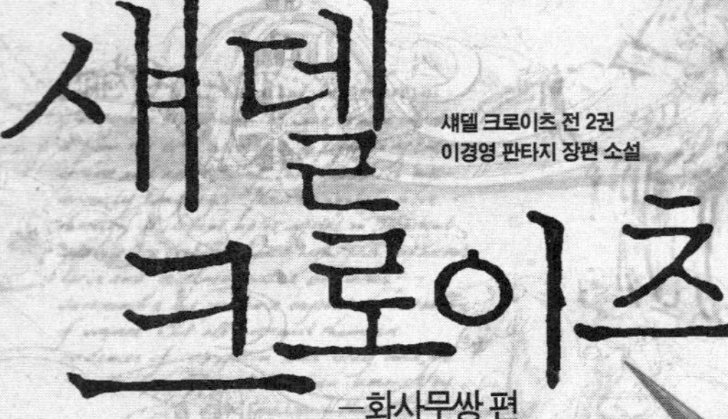

# 새델 크로이츠

새델 크로이츠 전 2권
이경영 판타지 장편 소설

— 화사무쌍 편

『가즈나이트』의 명성과 신화를 넘어설
이경영의 판타지의 새로운 상상력!

자신만의 독특한 세계관을 창조한 작가
이경영의 새로운 도전과 신선한 충격.

바란투로스의 특수부대 새델 크로이츠의 리더 파렌 콘스탄.

야만족을 돕는 안개술사를 물리치기 위해 아시엔 대륙에서 온

불을 뿜는 요괴 소녀 카샤.

너무나 다른 두 사람이 운명의 길에서 만나다.

친구란 이름으로 시작된 모험, 그 앞에 놓인 난관과 운명의 끈은

어떻게 될 것인지……

"질투가 날 만도 하지. 요괴가 산신령을 엄마로 두는 건 흔한 일이 아니거든.
괜찮다, 파렌. 본좌가 아는 요괴들 전부 본좌를 질투하고 부러워하니까."
소녀는 손에 잔뜩 받은 빗물을 홀짝 마셨다.
파렌은 그 순수함에 웃음을 흘렸다.

그는 지금까지 자신이 봤던 그녀의 기이한 행동들을 어렴풋이나마 이해할 수 있을 것 같았다.
그렇게 친구가 된 둘은 그 길로 긴 여행을 떠나게 된다.

— 본문 중에 —

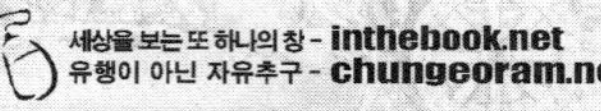


Book Publishing CHUNGEORAM

# THE CHRONICLES OF EARTH

# DEJA VU

**지구환 연대기 : 기시감 전 2권**
**이재창 SF 장편 소설**

## 지구환 연대기 기시감

인공적으로 만드는 석양이 잘 꾸며진 정원과 가로수를
붉게 물들였다.
하지만 태양은 이미 오래전에 거리라고 하기도 어려운 저
편으로 사라졌다. 어차피 마찬가지기는 했다.
타키온 드라이브가 시작되는 순간 빛은 존재하지 않았다.
설령 태양이 바로 옆에 있다 해도 빛이 우주선을 따라오
지 못했다.
타키온 드라이브의 우주에서 빛은 존재가 아니라 단순히
어둠의 부재에 불과했다.
그것이 타키온 드라이브였다.
타키온 드라이브는 그 본질상 초광속으로 움직이지
않을 수 없다.
말 그대로 빛보다 빨리 움직여야만 한다.
그것이 타키온 드라이브의 운명이고 결론이다.

## STORY LINE

인간이 타키온 드라이브라는 초광속 운항법으로 항성간 여행을 자유롭게 할 수 있게 된 미래
수학자 석아찬은 지구에서 출발하는 심우주 탐사선 게이츠에 몸을 싣는다.
그러나 게이츠를 통제하는 인공지능 로가디아와 이천여 명의 승무원과 함께하는 항해의 평화로움은 얼마 가지
못하고 우주선은 외계문명에게 습격을 받아 사람이 증발하는 전대미문의 사고가 생기기 시작한다.

세상을 보는 또 하나의 창 - **inthebook.net**
유행이 아닌 자유추구 - **chungeoram.net**

# Book Publishing CHUNGEORAM

BOOK Publishing CHUNGEORAM

만리웅풍 | 월인 지음 | 8,000원

『두령』, 『사마쌍협』, 『천룡신무』, 그리고 『만리웅풍(萬里雄風)』
최고의 신무협 작가 월인, 그가 새롭게 선보이는 철혈 영웅의 이야기.

**천지현황(天地玄黃)!
하늘은 검고 땅은 누르다.**

끝없이 검고 누르게 펼쳐진 이 하늘아래, 땅 위에!
내가 믿고 의지할 수 있는 것은 오직 내 주먹과 몸뚱이뿐.

내 주먹이 꺾이는 날, 내 인생도 꺾이고 나는 한 마리 쥐새끼로 전락할 것이다.

**절대로 질 수 없다!
죽는 한이 있어도 질 수는 없다!**

유행이 아닌 자유추구 –
WWW. chungeoram.com

BOOK Publishing CHUNGEORAM

판타지의 대가, 이수영. 그녀가 선보이는 첫 번째 사랑이야기.
사랑, 질투, 음모, 욕망……
상상한 것 이상의 절애(切愛), 그 잔혹한 사랑이 시작된다.

온전히, 그의 손에 떨어진 꽃. 잡았다.
짐승의 왕은 즐거웠다.

인간, 그리고 인간이 아닌 자.
절대로 이어질 수 없는 두 운명이 만났다!
사랑 혹은 숙명.
너일 수밖에 없는 愛.

1998년 〈귀환병 이야기〉
2000년 〈암흑 제국의 패리어드〉
2002년 〈쿠베린〉
2005년 〈사나운 새벽〉

그리고 2007년,
『FLY ME TO THE MOON』

유행이 아닌 자유추구 –
WWW.chungeoram.com
BOOK Publishing CHUNGEORAM

BOOK Publishing CHUNGEORAM

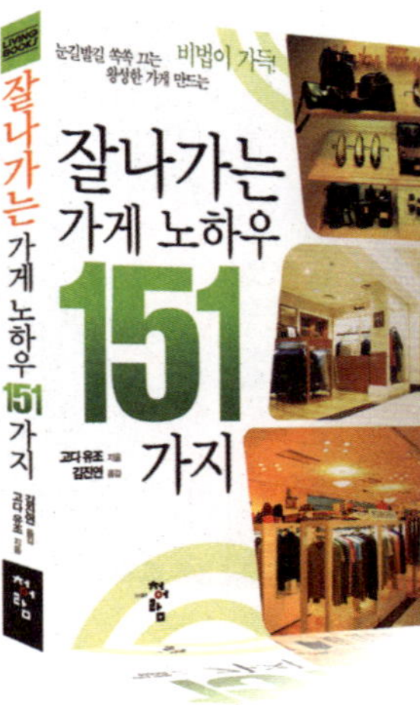

눈길발길 쏙쏙 끄는 **비법이 가득!**
왕성한 가게 만드는

# 잘나가는 가게 노하우 151 가지

고다 유조 지음
김진연 옮김
가격 9,800원

## 물건이 팔리지 않는 시대!
## 왕성한 가게 만드는 비법이 가득!

가게 안에 웅덩이를 만들어라
조명만 조금 바꿔도 매출이 팍 늘어난다
보기 쉽고, 집기 쉬운 가게 배치는 '경기장 형'이 최고 등등
가게에 실제로 적용했을 때 매출이 오른 노하우만 알차게 수록
외관, 입구, 배치, 내장, 조명, 디스플레이에서 사원교육까지

## 도움이 되는 '발견'이 가득가득.
## 당신 가게를 회생시키기 위한 소중한 책!

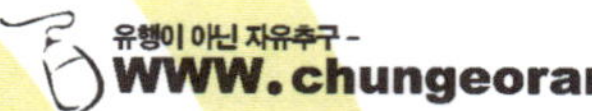


BOOK Publishing CHUNGEORAM

# 입소문을 통해 아는 분은 다 알고 계십니다!
# 올 한해 공인중개사 최고의 화제작!

1~2권 합본 | 이용훈 지음
3~4권 합본 | 이용훈 지음
5~6권 합본 | 이용훈 지음
용어 해설 | 이용훈 지음

## 수험생 기본 필독서
# 만화 공인중개사

### 제목 : 만화공인중개사 쓰신 분에게 감사드립니다.

학원을 두 달 다녔어요. 근데 과연 그 숫자 외우기 그런 게 몇 문제나 나올까 생각을 했어요.
아니라는 생각이 드네요. 학원강의를 뒤로하고 서점을 갔어요. 내 머리에 가장 이해될 수 있는
책이 없나 하구요. 거기서 만화를 발견했어요. 무조건 세 번 봤어요. 3개월 걸렸어요. 문제집을 보라고
했는데 그건 시행을 못했어요. 근데 합격을 했네요.
어떻게 감사의 말을 해야 될지…….
도서관에서 만화책 들고 다니니까 사람들이 비웃더라구요. 만화책으로 공인중개사를 공부한다고
미친 사람처럼 보더라구요. 근데 그거 다 감수하고 했던 내가 자랑스럽습니다.
어떻게 감사의 말을 해야 할지… 정말 감사합니다.
부디 행복하세요. 제 나이 41살에 좋은 스승을 만난 것 같습니다.
엎드려 감사드립니다.

−본사 홈페이지에 독자분이 올린 메일 中 에서 발췌−

세상을 보는 또 하나의 창!
열린세상, 열린지식

**INTB 인더북**
www.INTHEBOOK.net

당당하게 글을 쓰는 사람, 멋있게 포장하는 사람,
감동적으로 읽어주는 사람이 있다면
언제든 어디든 인더북이 함께 하겠습니다.

# 2008년 봄 그들이 온다!!

권왕무적의 초우, 궁귀검신의 조돈형, 삼류무사의 김석진, 태극검해의
한성수, 프라우슈 폰 진의 김광수, 흑사자의 김운영, 송백의 백준 등

총 20여 명에 이르는 호화군단의 인더북 이북 연재 확정!!
그 외에도 많은 정상급 작가들의 이북 연재 런칭 예정!!

**포도밭 그 사나이, 새빨간 여우 등의 로맨스 정상급 작가
김랑의 작품을 이북 연재로 만나다!!**

## 오직 인더북에서만 독점 연재!!

아쉬움을 남기고 1부에서 막을 내린 **권왕무적 시리즈의 2부** 등 인기 작가들의 수준 높은
미공개 작품들이 시중에 책으로 출간되지 않고, 오직 인더북에서만 연재됩니다.

# COMING SOON! INTHEBOOK.NET

1. 인더북의 이북 유료연재는 2008년 1월 말 ~ 2월 중순경 오픈
2. 인더북에 연재되는 작품들은 시중에 출판되지 않은 작품들로 엄선

**이북 유료연재의 새로운 도전! 그리고 새로운 시작! 인더북!!
곧 새로운 모습의 이북 연재 사이트로 여러분께 다가가겠습니다.**